TARJEI VESAAS
Collection

タリアイ・ヴェーソス

氷の城

朝田千惠
アンネ・ランデ・ペータス

訳

国書刊行会

TARJEI VESAAS

IS-SLOTTET

氷の城　目次

氷の城

第1部　シスとウン

1　シス

白く若い額《ひたい》が暗闇を突き進んでいく。十一歳の少女。シス。

まだほんの午後になったばかりというのに、もう真っ暗だ。硬く凍る晩秋。星は見えるが、月は出ておらず、辺りをほんのり照らす雪もない――だから星が出ていても、闇が濃かった。道の両側には死んだように静まりかえった森が広がり、その瞬間もそこで震えているであろう生き物をかくまっている。

寒さに備えて着込んだシスは、歩きながらあれこれ想いを巡らせる。まだよく知らない少女ウンを初めて訪ねるところだ。まるで未知の世界のようで、どきどきする。

シスがびくっとする。

大きな音がした。あれこれ考え、期待に胸を膨らませていたところだった。なにか割れるような音が、ずっと向こうへと遠ざかっていくように続き、やがて聞こえなくなった。下にある大きな湖に張った氷から来る音だった。この氷の音は決して危険なものではなく、むしろよい知らせだ。この音は、氷がまた少し頑丈になったことを意味するのだから。銃声のように鳴り響き、氷の表面から細い割れ目がナイフの刃のように深いところへと切り込んでいく——それでも氷は朝を迎えるたびに硬く、さらに丈夫なものになっていくのだった。今年は初雪もまだで、極寒の秋がいつになく長く続いていた。

刺すような寒さだった。しかし寒さなんて恐れてはいない。怖いのはそれではない。暗闇に響く音に驚いたのだ。シスは、道をしっかりと踏みしめると、ふたたび歩き出した。

ウンの家までは遠くない。シスも知っている道で、通学路から——ほんの少し入ったところだった。だから暮れてからでもシスはひとりで行くのを許してもらえた。父親も母親もまったく心配しない質《たち》で、夕方、シスが出かけるときも、大きい道だから大丈夫よ、と言った。シスは言い返さなかった。でも本当は暗闇が怖い。

大きい道だから大丈夫。でもシスにとって、いまここをひとりで行くのはたやすいことではない。顔を上げた。心臓が暖かいオーバーの裏地を打つ。耳が過敏に反応する——道の両側があまりにも静かすぎる。森のなかでは人より鋭い耳が自分に勘づいているのをシスは知っていた。

だから、石のように凍った道では常にしっかりと歩を進めなければならなかった。足音を立てるのだ。忍び足の誘惑に負けたら終わり。走り出すなんてもってのほかだ。一度駆け出したりすれば、あっと言う間に錯乱状態に陥ることになる。

シスは今日、どうしてもウンのところに行かなければならない。夜は長いので、時間の余裕はたっぷりある。暮れるのが早いだけで、シスはウンのうちにかなり長いこといられるし、いつもの寝る時間には家に戻れるだろう。

ウンの家で、なにを知ることになるのだろうか。なにかがわかるのは確かだ。ウンが転校してきた日以来、秋学期中、このときをずっと待っていた。なぜかはわからない。

ふたりは今日初めて会う約束を交わした。ほやほやの約束。長い助走を経て、いま飛び出す瞬間がやって来た。

ウンの家へと続く道。あまりにも待ち遠しくて、うずうずする。つるりとした額《ひたい》が氷のように冷たい空気の流れを割っていく。

2　ウン

胸躍るなにかに向かいながら――シスは自分がウンについて知っていることを挙げてみた。暗闇への恐怖を閉ざそうと、身を硬くして顔を上げて歩いていた。

知っていることはわずかだ。この辺りの人に聞いてもたいして役に立たないだろう。どうせだれも、ウンについて知らないのだから。

ウンはこの辺りではまだ新顔。今年の春、遠く離れた小さな集落からこの集落にやって来たばかりだ。

春に親を失って、ここに越して来たと聞いている。故郷で、母親が病気で亡くなった。母親は未婚で、故郷に親戚はなかったが、こちらにはウンの母親の姉がいて、ウンはこのおばを頼って来たのである。
ウンのおばさんは長くここに暮らしていた。家がそれほど離れているわけでもないが、シスはこのおばさんをあまりよく知らなかった。こぢんまりした家にたったひとりでつましく暮らしていた。おばさんの姿を目にすることはあまりなく、店に買い物に行くときに会う程度。シスの聞いたところでは、ウンは温かくおばさんの家に迎えられたらしい。一度、自分の母親に連れられておばさんの家を訪ねたことがある。母親がやっていた手工芸を手伝ってもらうためだった。何年も前のことで、ウンという存在を知る前のことだ。その家にたったひとりで暮らす、機嫌のよい人だったことを覚えている。人がこのおばさんについて悪く言うのを聞いたことがない。

ウンが引っ越してきたときも、どこかしら似たところがあった。ウンも、少女たちが期待して待っていたほどすぐには、女の子たちのグループに仲間入りしなかった。道端や、いつも人と出会うような場所で、ウンの姿をちらっと見かけることはあったが、女の子たちとウンは見知らぬ者同士、互いを見るだけだった。いまはまだ仕方がない。ウンには親がなく、そのせいでどこか独特な雰囲気を醸《かも》し、うまく説明できない光みたいなものを纏《まと》っているようにも見えた。だがこの知らない者同士の関係ももうすぐ終わる。秋には学校で会うのだ――それで決着がつく。

ウンと親しくなるために、シス自身この夏、とくになにかしたわけではない。たまに、あの歳をとった親しげなおばさんと一緒にいるウンの姿を目にした。最初に出会ったときから、ウンが自分と同じくらいの歳だと知っていた。シスとウンはお互い魅せられたように見ながら、さっとすれ違っていく。なぜ惹かれるのか、ふたりにはわからなかったが、なにかしら、理由があるのだろう。

ウンはひどく恥ずかしがりだと言われていた。それってどういうことなんだろう。わくわくする。女の子たちはみんな、この恥ずかしがり屋のウンと学校で会うのを楽しみにしていた。

シスもウンが学校に来るのを心待ちにしていた。なにを隠そう、学校の休み時間にみんなを仕切っているのがシスだったからである。なにをするか考える立場に慣れていたし、とくに深く考えたことはなかったが、そんな役割も嫌いではなかった。ウンがやって来て仲間入りするとき、シスは自分が仕切り役でいることが得意だった。

秋に新年度を迎えると、クラスのみんなは男の子も女の子もいつものようにシスの周りに集まってきた。シスは、今年もこの状況であることがうれしかった。実を言えば、シスもこの立場を維持しようと、多少なりとも努力していたかもしれない。

恥ずかしがり屋のウンは少し離れたところに立っていた。みんなはウンを吟味し、その瞬間、彼女のことを受け入れた。ウンは問題なし。かっこいい女の子。好感がもてる。

しかしウンはその場にずっと立ったままだった。女の子たちは少しずつでも、なんとか彼女を取り込もうとしたが、うまくいかない。シスは自分のグループのなかでウンのことを待ったまま、一日目が終わった。

そんなふうにして何日も過ぎていった。ウンはみんなと親しくなりたいという素振りも見せない。ついにはシスがウンのもとに行って訊ねた。

「一緒に遊ばない？」

ウンは首を振って答えた。

しかしふたりは互いに気のあることを瞬時に見てとった。ウンとシスは不思議な目配せを交わした。この子と会わなくっちゃ！　なぜだかわからないけれど、これだけは確かだ。

シスは驚きながら、もう一度繰り返した。

「私たちと一緒に来ないの⁉」

ウンはぎこちなく微笑んだ。

「ううん、いい」

「どうしてよ？」

ウンはまたぎこちなく笑った。

「だって私」

その瞬間、シスはふたりのあいだで魅惑のゲームが始まった気がした。

「あんた、どうかしてんじゃないの」シスのことばはあまりにも直球で愚問。あとで後悔した。見る限り、ウンはどうかしているどころか、むしろ逆だ。

ウンは少し赤くなった。

「ううん、そんなことない。ただ」

「私だって、そんなこと言うつもりじゃなかった。ただあんたも一緒だったら楽しいだろうなって」

「もう放《ほお》っておいて」とウンが言った。

シスは冷や水を浴びせられたように感じ、押し黙ってしまった。傷付き、自分のグループに戻るとみんなに伝えた。

その後、みんなはそれ以上ウンを誘わなかった。ウンは放っておいてもらい、みんなの騒ぎには加わらなかった。ウンのことをうぬぼれ屋だと言う者もいたが、そんな呼び名がしっくりくるわけもなく、ウンのことをからかう者はいなかった。陰口やからかいを寄せつけないなにかが、彼女には備わっていた。

授業ではすぐに、ウンがクラスのなかでも一、二を争う頭のよい子だということがわかった。ウンはそれに気付かないふりをし、周りのみんなはやや渋々ながら、ウンに敬意を抱くようになった。

シスはこうしたことすべてに気が付いていた。校庭でひとり堂々と立っているウンを見れば、決して見捨てられたかわいそうな子には思えなかった。シスは人を惹きつけるのが上手で、いつもみんなに囲まれていた。しかし、あそこにいるウンはなにもしないし、だれも引き連れていない。それなのに自分よりも強いとシスは感じていた。シスはウンに負けそうだった。もしかすると、シスの取り巻きたちもそういうふうに見ているのかもしれない。みんなウンに近づきがたいだけなのかもしれない。いまやウンとシスが二大派閥を成しているかのようだったが、あくまでも、シス本人と新入りウンのふたりのあいだのことで、これについてはだれひとり触《ふ》れることがなかった。

少し時間が経つと、授業中、シスはウンの視線を感じるようになった。ウンはシスの何列か後ろに座っているので、ウンにとっては都合がよい。

シスはその視線のせいで、これまでに味わったことのないこそばゆさを感じた。気分がよく、その気持ちを漏らしてしまいそうだった。知らないふりはしても、なにか未知の素敵なもののなかに自分が織り込まれているような気がした。ウンの視線は粗探しをしようとするものでも、嫉妬にかられたものでもなく、ウンが目をそらす前に目が合えば、シスに見えたのはむしろ希求する気持ちだった。ウンは待っている。校庭では、ウンはなんでもないふうを装い、ふたりとも互いに近寄ろうとしなかった。だがときどき、シスは身体がむずむずするような、素敵な気持ちに気付き、わかるのだった。〈ウンが私のことを見ている〉

シスはウンと視線を合わせないようずっと気を付けていた。まだ目を合わせる勇気がない――シスが我を忘れたときに、ちらっと目にするだけだった。

ウンはなにを望んでいるの？

いつか話してくれるだろう。

ウンは外の壁際に立ち、なんの遊びにも加わらず、ほかの子たちを静かに眺めるばかりだった。

待つのだ。待つしかない。そうすればいまにその日はやって来る。それまではいまの状況を受け入れるしかないけれど、この状況もなんだかどきどきする。

とにかくほかの子たちに気付かれないようにしなければならない。シスはうまくやっているつもりだったが、友だちのひとりが少しやきもちを焼いて言った。

「ウンのこと、すごく気にしてるよね」

「そんなことない」

「そう？　いつもじっとウンのこと見つめてるじゃない。丸わかりだよ」

そんなことしてるの？　シスは困惑した。

友だちは拗ねたように笑った。

「みんな、もうずっと前から気付いてるよ、シス」

「それがどうしたの？　そんなの私の勝手じゃない！」

「ふん」


シスは歩きながらこれまでのことを思い返していた。そしてそのときがついにやって来た、今日という日に。だからいまここを歩いている。

今朝、シスが席に着くと、最初の紙切れが置いてあった。

《シス、あなたに会いたい。ウンより》

どこからか光が射すようだった。

振り向くと、ウンと目が合った。なんだか互いのなかに入り込んでいくような不思議な感じ。なにこれ？　わからない。わかろうとしても、むだだ。

今日のこの佳き日、紙切れが往き来する。協力的な手が机から机へと運んでくれた。

《私もあなたに会いたい。シスより》

《いつ会える？》

《いつでもいいよ、ウン！　今日でもいい》
《じゃあ、今日会いたい！》
《今日、うちに寄ってく、ウン？》
《ううん。あなたがうちに来て。じゃなきゃ、会わない》
シスは素早く振り返った。これはどういうこと？　シスがウンと目を合わせると、紙に書いてある通りよ、とウンが頷いた。シスは一秒たりとも逡巡することなく、しっかりと答えた。
《ウンのところに行くよ》
これでやり取りは終わった。学校が終わるまで、話さなかった。授業が終わるとふたりの会話は早口で、気まずそうだった。シスは、ウンがやはりシスのうちに来たくないかと訊ねた。
「ううん、行かない。どうして？」ウンが言った。
シスはことばに詰まった。ウンのおばさんのところにはないものがあれこれシスのうちにはあるし、友だちを呼ぶのはいつもシスの方だ、と思っていた自分に気付いたのだ。シスは恥ずかしくなって、なにも言えなかった。

「ううん、別に」

「私のうちに来るって約束したじゃない」

「うん、でもこのますぐ一緒には行けないよ。一旦うちに帰って、どこに行くか、知らせておかないと」

「そうだね」

「じゃあ夕方に行くね」シスは魅せられたように言った。謎めいたものに心を奪われる。身に纏うかのように、ウンに備わっているなにかに。

ウンについて知っていることと言えば、これですべてだ。家に帰って行き先を伝え、いまシスはウンのもとに向かっている。

寒さがシスをとらえる。足元ではきしむような音がし、下の湖では氷が鳴る。

ウンとおばさんの小さな家の明かりが見えてきた。その明かりが氷の結晶のついた白樺の木々を照らしている。喜びと期待に心臓がどきどきした。

3　たったのひと晩

ウンは窓の向こうからシスを見ていたのだろう。シスが玄関ポーチに上がる前に出てきた。学校の長ズボンのままだ。

「暗かったでしょ」ウンが訊ねた。

「暗かったかって？　どうってことなかったよ」暗闇と森を抜けてくるとき、本当はどきどきしていたシスだったが、そう答えた。

「それに寒かったでしょ。今日はほんと冷えるよね」

「へっちゃらだよ」

「うちに来てくれてうれしいよ。シスがまだ小さかったころ、確か一度だけうちに来たことがあるっておばさん、言ってた」

「うん、私もちょうど考えてたところ。あのときはウンのこと、なにも知らなかったけど」

ふたりは話しながら互いを観察していた。おばさんが出てきて、親しげに微笑む。

「で、これが私のおばさんだよ」ウンが言った。

「こんばんは、シス。さあ、早くお入り。外で立ち話するには寒すぎるから。暖かいところで上着を脱いで」

ウンのおばさんは親しげで穏やかに話した。三人は小さな暖かい家のなかに入った。

シスはかちかちに凍ったブーツを脱いだ。

「前ここに来たとき、どんなだったか覚えてるかい？」おばさんが訊ねた。

「いいえ」

「なにも変わってないんだよ。あのときのまんま。お母さんと一緒だったね。よく覚えてるよ」

おばさんは少し饒舌になっているようだった。人とたくさん話す機会なんてほとんどないのだろう。ウンは自分のお客を早く独り占めしたいようだが、おばさんはまだシスを手放しそうにない。

「あのあと、お前さんのことは、よそで見かけるだけだったよ、シス。そりゃあ、うちに来る用事もなかっただろうしね――うちにウンを引き取るまでは。これからは違ってくるね。ああ、ウンがうちに来てくれて、幸せだよ」

ウンは我慢できない様子で待っている。

おばさんが言った。

「わかってるよ、ウン。でも落ち着いて。さあ、シスになにか温かいものをお腹に入れてもらおうかね」

「凍えてないよ」

「ストーブで温めてあるんだよ。この時期のこんな天気の夜に出てくるなんて、寒すぎるし、遅すぎるよ。日曜に来てくれたらよかったのに」

シスはウンに目をやってから答えた。

「日曜日は今日じゃないんだから、そんなの無理だよ」

おばさんが笑う。機嫌がいい。

「そりゃ、仕方ないねぇ」

「それに、お父さんとお母さんが寝るまでには十分家に戻れるもん」シスが言った。

「そうだね。じゃあ、こっちにおいで、これをお上がり」

おばさんの作ってくれたおいしい飲み物は、身体を温めてくれた。辺りをきらめく興奮が漂う。もうすぐ、ふたりだけの時間だ。

ウンが言った。

「私の部屋があるんだ。行こう」

ウンのことばが心をつかんだ。さあ、始まる。

「シスも自分の部屋、あるよね？」

シスが頷く。

「おいでよ」

親しげでおしゃべりなおばさんは、自分も一緒にウンの小部屋に行きたそうにしていたが、当然そんなわけにはいかない。ウンの切り上げ方があまりにも断固としていたので、おばさんは椅子にひとり取り残された。

ウンの部屋はとても小さく、その部屋に入った瞬間、シスは奇妙に感じた。ランプがふたつ、なかを照らしている。壁にはさまざまな切り抜きと女の人の写真が一枚貼ってあった。ウンにそっくりなので、それがだれなのかは訊くまでもない。しばらく経つと、なぜか部屋はちっとも奇妙ではなくなり、それどころかシスの部屋とほぼ同じように見えてきた。

ウンはなにか問いたげにシスを見つめる。シスが言った。

「いい部屋だね」

「シスの部屋はどんなの？　もっと広い？」

「うーん、だいたいこのくらい」

「これ以上大きい部屋はいらないもんね」

「そうだね」

ふたりは打ち解けるまで、他愛もない話をしていた。シスは部屋にひとつしかない椅子に座り、長ズボンを穿いた足を伸ばした。ウンはベッドに腰掛け、足をぶらつかせている。

ふたりとも緊張していた。間合いを取りながら、互いを測り合う。なぜかわからないが――簡単とは言えなかった。ふたりともお互いそこにいてほしいのに、どこか照れくさい。目が合えば、共感や切望が感じられたが、やはりどちらも、ひどく恥ずかしがっていた。

ウンはお尻から床にずり落ちると、ドアを閉めた。そして鍵を回した。

その音に驚き、シスは慌てて訊いた。

「どうして鍵なんかかけるの」

「だって。入ってくるかもしれないし」

「それが怖いの？」

「怖い？　そんなふうに見える？　そんなんじゃないよ。でもこの部屋でふたりきりがいいなと思って、シスと私だけで。だれも入れてあげないの！」

「そう、だれも入れてあげない」シスもそう言うと、うれしさが込み上げてきた。ウンと自分とのあいだに絆が生まれ始めたのを感じる。ふたりはまた黙った。ウンが訊ねる。

「シスって何歳？」

「十一歳とちょっと」

「私も十一歳だよ」ウンが言った。

「私たち、背も同じくらいだね」

「うん、ほとんど一緒だね」

互いに惹かれ合うものがあるとしても、やはり会話を始めるのは難しい。ふたりは手の届くものに触れたり、あちこち見たりしていた。部屋のなかは穏やかで、心地よく暖かい。音を立てているストーブのおかげだろうが、そればかりでもない。ふたりの波長が合っていなければ、いくら暖かいストーブが音を立てていても役には立たない。

この温もりのなかでシスが訊ねた。

「ここでの暮らし、どう?」

「うーん、おばさんのところ、すごく居心地がいいよ」

「もちろん。でも、そういう意味じゃなくって。学校でね、どうしてウンはいつも――」

「だから、そのことは訊かないでって言ったでしょ」ウンは短く言い、シスは訊ねたことをすぐに後悔した。

「これからずっと、ここにいる?」シスは慌てて言った――この質問なら危険はないはず。と言っても、ここには危険があるの? いや、なにもないはず。だからと言って、まったく安全とも言えない。気を緩めたら、またつい口を滑らせてしまうかもしれない。

「うん、ここにいるよ。おばさんよりほかに頼れる人、いないもん」

ふたりは座ったままだった。ウンが試すように訊いた。

「どうして私のお母さんのこと、訊かないの？」

「え？」

なにか見透かされたかのようで、シスは目をそらした。

「さあ——」

またウンと目が合った。逃げることはできない。この質問からも逃げられない。大切な問いかけなのだから、答えなくてはならない。シスはどもりながら答えた。

「だって、お母さん、この春、死んじゃったんでしょ。そう聞いたよ」

ウンははっきりと大きな声で言った。

「結婚してなかったんだ、私のお母さん。だからだれも——」ウンは黙った。

シスが頷く。

　ウンは続けた。

「春にお母さんは病気になって、死んじゃったの。寝込んだのは一週間だけなんだよ。で、死んだの」

「うん」

　この話ができてよかった。部屋の空気が軽くなったように感じられた。この辺りの人はみな、ウンの話したことは知っていた。この春ウンがやって来たとき、おばさんがこのことも含めていろいろと話していたからだ。ウンはそのことを知らないのだろうか。それでも、ふたりの友情が芽生えるこの始まりに、どうしても話しておかなくてはならないことだった。でも、これだけではない。さらにある。ウンが言った。

「私のお父さんのこと、なにか知ってる？」

「ううん！」

「私も知らないんだ、お母さんがちょっとだけ話してくれたこと以外は、なにも。お父さんには会ったことないの。車を持ってたんだって」

「うん、だろうね」

「なんで？」

「ううん――だって、それって普通でしょ？」

「うん、そうだね。私、会ったことないんだ。おばさんのほかにはだれもいないし。だからずっと、ここにいるよ」

やった！　ウンはずっとここにいる。ウンは澄んだ目でシスの心をとらえて離さなかった。初めて会ったときのように。親の話はこれで終わった。シスの両親のことは一度も話題に上らなかった。ウンはシスの親のことを全部もう知っているだろう。よい家に住み、父親はよい仕事に就いている。必要なものはなんでもある。だから話すことはなにもないし、ウンもひと言も訊ねなかった。なんだか自分の親の方が、影が薄いとシスは感じた。

でもウンはきょうだいのことには触れてきた。

「シス、きょうだいはいる？」

「ううん、ひとりっ子」

「じゃあ、ちょうどいいね」ウンが言った。

　シスには、ウンのことばの真意がわかった。ウンはずっとここにいる。ふたりの友情の道は未来へと甘く、ずっと広がっていく。これはすごいことだ。

「うん、そうだね。だから私たち、もっといっぱい会えるね」

「毎日、学校で会ってるよ」

「まあ、それはそうだけど」

　ふたりは互いを見て短く笑った。気が楽になった。大丈夫。ウンはベッド脇の壁に掛かっていた鏡を下ろすと、またベッドに座り、膝に鏡を載せた。

「シスもこっちにおいでよ」

　なにが起きるかわからなかったが、ベッドのウンの隣に座った。それぞれが鏡の端をつかんで持ち上げ、隣り合わせでじっと、まるで頬と頬をくっつけるように座った。

　ふたりが見たのは？

それがわかる前に、ふたりは目をそらした。

まつ毛の奥できらめき輝く四つの瞳。鏡一面に映っている。問いが浮かんでは消えていく。なんだろう。きらめき、輝く。あなたから私に、私からあなたに、そして私からあなただけに――鏡のなかに入ってはまた出てきて……いったいなに？　わからない。答えなんてない。赤くてぷっくりとしたあなたの唇、ううん、それは私の唇だ！　そっくり！　髪の毛まできらめいて輝いている。これが私たち！　まるで、別次元にいる自分たちが映っているみたいで、ここの私たちにはなんの力もない。鏡像は揺れ始め、鏡の端へと広がり、また縮む。いや、縮んでない。微笑んでいる口。別世界から映し出される口。ううん、口なんてない。微笑みなんかじゃない。だれにもわからない。――まつ毛に縁取られたきらめきと輝き。

思わず鏡を落とし、顔を赤くしながら戸惑った様子で相手を見る。ふたりは互いを照らし合い、ひとつになっていくようだった。不思議なひとときだった。

シスが訊いた。

「いまのなに、ウン？」

ウンが訊ねる。

「シスも見たんだね？」

突然、物事が複雑になった。ウンが身震いした。この不思議なできごとのあとでは、ふたりとも少し座り直して、気分を変えなければならなかった。

しばらくしてふたりのうちのどちらかが言った。

「なにもなかったよね」

「うん、なにもなかった」

「でも変な感じ」

もちろんなにかがあった。そしていまもそれは消えていない。ふたりはそれを退けようとしているだけだった。ウンは鏡を元の場所に戻し、安心しきったように腰を下ろした。沈黙が続く。閉まったドアに触れたり、入って来ようとしたりする者はいない。おばさんはウンとシスをふたりきりにさせてくれた。

完全な凪だが、水面下では違う。シスはウンから目を離さず、ウンが気合を入れてなにか言おうとしているのを見ていた。ウンが急に誘うような声で言ったとき、シスは内心飛び上がった。

「シス、服を脱ごう！」

シスはウンを凝視した。

「服を脱ぐ？」

「そう。ただ脱ぐの。おもしろいじゃない、ね？」

ウンはすぐに脱ぎ始めた。

もっちろんだ！

突然、シスもおもしろくなってきて、大急ぎで服を脱ぎ始めた。さあ、競争だ。

先に脱ぎ始めたウンが勝った。床の上に真っ裸で立っている。

すぐにシスも、同じく真っ裸になった。ふたりは互いを見た。ほんのわずかな、奇妙な一瞬。

シスはこの場にふさわしい大騒ぎをしようと、辺りを見回したが、そこで止まってしまった。ウンの素早い視線に気が付いたのだ。じっと立っていたウンの顔はどこか緊張気味だったが、たった一瞬のことで、すぐに消えた。ウンの顔はうれしそうになり、見ている方も居心地がよく、気が楽になった。

ウンはその調子で言った。なぜかうれしそうに。

「ううう、だめだ、シス。やっぱり寒い。すぐに服、着た方がいいよ」

ウンは自分の服をつかんだ。

シスは立ったままだ。

「えっ、裸で遊ばないの?」

シスはベッドの上で宙返りかなにかをする気でいた。

「うん、寒すぎるもん。外があんな刺すように寒いと、なかもしっかりとは暖まらないんだ。この家じゃね」

「でも、ここ暖かいよ」

「ううん、隙間風が入ってきてる。シスも感じない？　ほら……ね」

「かもね」

シスは隙間風を感じ取ろうとした。なるほど。シスは少し震えた。ガラス窓には氷の結晶が付いている。外は果てしなく長いあいだ、凍っていたのだ。

シスも服を手に取ると、ウンが言った。

「裸で暴れまわるより、もっとほかにすることはいろいろあるよ」

「そうだね」

ウンがどうしてこんなことをしたのかシスは訊きたかったが、言い出しづらく、そのままにした。ふたりは慌てることなく、服を身に付けた。正直なところ、シスはどこか騙されたみたいに感じていた。これで全部？

ふたりはそれぞれさっきのところに座った。部屋のなかで腰を下ろすことのできる唯一の場所だ。ウンはシスを見つめていた。やはりまだなにかある。もしかすると、またなにか起こるのかもしれない。ウンはいま、さほど楽しげではない――さっきのあれはほんの一瞬のことだった。

シスは不安になった。

「なにかしようよ」ウンが始めないものだから、シスが言った。

「なんかある？」ウンはぼーっと答えた。

「でなきゃ私、家に帰る」

まるで脅し文句のようだった。ウンもすぐさま言った。「まだ帰っちゃだめ！」

ああ、そりゃ、シスだって帰りたくない。本当はまだウンの家にいたくてたまらないのだ。

「前の家の写真はないの？　アルバム、持ってない？」

大正解だった。ウンは本棚に飛んでいき、アルバムを二冊取り出した。

「一冊は全部私の写真。生まれてからずっと。どっちを見たい？」

「両方見せて」

ふたりはアルバムをめくった。どこかよその写真で、ウンのほかに知っている人はいない。ほとんどの写真にウンが写っていて、ウンが手短に説明していった。どこにでもあるアルバムだったが、陽気な若い女の人がひとり、写真のなかでひときわ目立っていた。ウンが誇らしげに言う。

「お母さんだよ」

ふたりは長いこと、その写真を見つめていた。

「それからお父さん」少ししてウンが言った。車の横にごく普通の若者がひとり立っている。この人も少しウンに似ている。

「お父さんの車だよ」ウンが言った。

恐るおそる、シスが訊ねた。

「いま、どこにいるの？」

ウンがぴしゃりと答えた。

「知らない。どうでもいいや」

「うん」

「一度も会ったことないって言ったの、覚えてる？　写真で見ただけなんだ」

シスは頷いた。

ウンが付け加える。

「お父さんがいたら、おばさんのとこには来てなかったよね、きっと」

「そうだね、確かに」

ふたりは、ウンだけが写っているアルバムをもう一度、見直した。どの時期のウンも、素敵な女の子だとシスは思った。そうしてもう一冊のアルバムもとうとう見終わってしまった。

さて次はなんだろう。

なにかが待ち受けている。ウンはそれを匂わせ、ウンの振る舞いがそれを語っていた。シスはこの間《かん》ずっとそれを待っしいたのに、いざそのときになると、緊張のあまり、驚きで飛び上がってしまった。その瞬間は、前触れもなく訪れた。長い沈黙のあとウンが言った。

「シス、」

どきり。

「ん？」

「私、あのね――」ウンは真っ赤になった。

シスは続きを聞く前から熱くなった。

「なに？」

「さっき、私になにか見えた？」ウンは素早く訊ねたが、目はまっすぐシスに向けたままだ。

シスはさらに熱くなった。

「ううん！」

「あのね、話したいことがあるの」ウンがまた話し始めたが、声に聞き慣れないものが感じられた。

シスは息を呑んだ。

ウンはそれ以上なにも言わない。しかしやがて口を開いた。

「だれにも話したことがないの」

シスはどもった。

「あの、もし、お母さんに話すことができたら、そのこと、言ってた？」

「言わない！」

沈黙。

ウンの瞳は不安で満ちている。ウンは話したくないのだろうか。シスは、今度はもっと囁くように訊ねた。

「いま、その話、したい？」

ウンは少し姿勢を整えた。

「ううん」

「そう──」

ふたたび沈黙。ふたりともおばさんがやって来て、ドアをパッと開けてくれることを願いたい気分だった。

シスが始めた。

「でも、もし──」

「できないって、だから！」

シスは身体を引いた。いくつもの考えが頭のなかでごちゃ混ぜになり、そしてどれも拒絶された。途方に暮れてシスは言った。

「なにか話したいことがあるんだよね？」

ウンが頷く。

「うん、ひとつだけ」

ウンはほっとしたように頷いた。ある意味、もうなにかを成し遂げて、すっきりしたかのようだった。今日はここまで。同時にシスも気が楽になった。

楽にはなったが、はぐらかされたのは今夜、二度目だ。だとしても、怖くなるようなことを聞かされるよりはよい。

ふたりは一服するように座っていた。

シスは思う。もう帰りたい。

ウンが言った。

「行かないで、シス」

また静かになった。

でもこの静けさはあてにならない。これまでもそうだった。気まぐれな突風が吹き、すぐに向きを変えてはまた別の方から吹いてくる。風が静まっているかと思えば、予期せぬところでふたたび、怖がらせるかのように吹き始めるのだ。

「シス」

「ん？」

「私、天国に行けないかもしれない」

ウンはそう言うと、壁の方を向いてしまった。ほかに顔を向けるところがなかった。

シスのなかで温もりと冷たさが入り混じった。

え、なに？

ここにはいられない！　ウンがさらに話を続けるかもしれない。

ウンが言った。

「ちゃんと聞こえてる？」

「うん！」

シスは急いで付け加えた。

「もう帰らなくっちゃ」

「帰るの？」

「うん、じゃなきゃ、遅くなるから。家の人が寝るまでに帰らないと」

「まだ寝ないよ」

「帰らないといけないの、ほら」

シスは冗談めかして続けた。

「もうすぐ、ものすごく寒くなって、帰り道に鼻が凍って取れちゃうかも」

この状況から抜け出すために——なんとかこんな冗談を言うしかなかった。要するに、逃げ出さなくてはならない。

ウンはシスの冗談に乗り、くすっと笑った。

「ふふ、鼻が取れたら大変だ」シスの話の変え方を喜んだ。

ふたりは難しすぎる問題からふたたび解放されたように感じた。

ウンはドアの鍵を回した。

「座ってて。服を取ってくる」ウンは命令口調で言った。

シスははらはらしていた。ここは安心できない。ウンが、いまになにを言ってくるかわからない。でもウンとはずっと一緒にいられるのだ！　いつまでも。帰るときに言おう。また今度、もっと話して。話したくなったら。今夜は、もうこれで十分。これだけでも、消化しきれない。もっと前に進めと言われても、ここより先に行くのは不可能に感じられた。とにかく、早く家に帰らなければ。

さもないと、ふたりのあいだが壊れるかもしれない。さっき、ふたりは互いの瞳のなかに入って、きらきら輝くところまで行ってしまったのだから。

ウンがシスの上着とブーツを持って戻り、この間《かん》ずっと音を立てていたストーブの横に置いた。

「少し温めるといいよ」

「ううん、帰らなきゃ」すでにブーツを履き始めたシスが答えた。

シスが寒くないようぶくぶくに着込むあいだ、ウンはひと言も話さずに立っていた。凍って取れてしまう鼻の冗談はもう効かない。ふたりのあいだにまた緊張が走った。別れのときによく口にするようなやり取りもない。また来てね。今度はうちに来てよ。そんな台詞は思い付きさえしなかった。なにもかもが怖くて難しい。決してふたりの関係が壊れたわけではないが、面と向かっているいまはあまりに難しい。

シスの帰り支度ができた。

「どうして行くの？」

「帰らないといけないからって言ったでしょ」

「うん、でも――」

「そうしないといけないと言ったら、そうなの」

「シス――」

「どいてよ」

ドアに鍵はかかっていないが、ウンが立ち塞がっていた。ふたりは一緒におばさんのところに行った。

おばさんはなにか手仕事をしながら、椅子に座っていた。シスが今夜来たときと同じように親しげな様子で立ち上がる。

「おや、シス。もうお帰りかい？」

「はい、もう帰らないと」

「内緒話はもう終わったの？」おばさんは優しくからかうように訊ねた。

「今夜はもう終わりです」

「鍵をかけたの、聞こえたよ、ウン」

「うん、締めたよ」

「そうだね、だれが入ってくるか、わかったもんじゃないからね」おばさんはそう言うと、「あんたたち、なにかあったのかい?」と少し違う声音で訊ねた。

「いいえ、なにも!」

「ふたりともえらく静かだったね」

「そんなことないよ!」

「はいはい、わかったから。歳をとって、きっとあたしの耳が遠くなったんだねぇ」

「あの、今夜はお邪魔しました」シスはそう言い、からかって笑うばかりで、なにもわかっていないおばさんから離れようとした。

「ちょっとお待ち。寒いなか帰る前に、温かいものを少し飲んでお行き」

「いいえ、いまはいいです」

「おや、えらく急ぐんだね」

「シスは帰らなくちゃならないの」ウンが言った。

「そうかい」

シスは身をまっすぐにした。

「それじゃあ。今夜はありがとうございました」

「こちらこそ、シス。ウンとあたしのうちに来てくれて、ありがとね。さあ、走ってお帰り。そうしたら身体が冷えないから。どんどん寒くなってきているようだよ。それに真っ暗だし」

そしておばさんが続ける。「どうして突っ立ってるんだい、ウン？　また明日の朝早くに会えるだろ？」

「うん、そうだよ！」シスが言った。「おやすみなさい！」

おばさんがなかに入ってからも、ウンは玄関扉のところに立っていた。ただ立っている。ふたりはどうしてしまったのだろう？　どちらも別れがたく感じていた。不思議だった。

「ウン――」

「うん」

シスは寒さのなかに飛び出した。時間的にはもう少しウンの家にいることもできたが、ここは危険だ。これ以上のことが起きてはならない。

ウンは、暖かい空気と冷たい空気が入り混じる玄関口に立ったまま。冷気がウンを通り過ぎて、家のなかに入っていく。ウンはそれに気付かない。

シスは駆け出す前に、後ろを振り返った。明るく照らされた玄関に立つウンは控えめで美しく、素敵だった。

4　道の脇

家へと駆けていくシス。すぐに暗闇に対する恐怖との必死の闘いに突入した。

暗闇が言う。〈道の脇にはわれわれがいる――〉

〈いない、いない、いない！〉シスはとっさに考えた。

〈お前をつかまえてやる〉道の脇から声がする。

シスは走る。もう足元の辺りに、背中のすぐ後ろに、なにかを感じた。

〈だれ？〉

ウンのところからまっすぐこの暗闇のなかへ。シスも帰り道がこうなることはわかっていたはず。

そう、わかっていた。でも。

ウンのところに行かなければならなかったのだ。

どこからか聞こえてくる氷の音。音は広い氷の上を進み、どこかへ消えていく。厚みを増しつつある氷は、何十キロにもわたってひびを走らせ、まるで遊んでいるかのようだ。その氷の割れる音に、シスは飛び上がる。

均衡が崩れた。帰り道、暗闇へと飛び出すときに、安心できるものなどなにもない。ウンの家に向かっていたときのしっかりとした足取りではない。考えもなしに駆け出してしまったからこのざまだ。あの瞬間、背後からついてくる夜のなにものかへの生贄となったのだ。

未知のものがそこら中にいる。

ウンと一緒にいたことでシスは動揺していた――別れを告げて出てきてからも、気持ちはいっそう焦る。小走りで行った最初の数歩はシスをますます怖がらせ、その恐怖は地滑り的に増大していった。シスは道の脇にいるものの手の内にいた。

道の脇の暗闇。形もなければ、名もないそれが現れて、背後に迫ると、道行く者は背筋にそうっと冷たいものが走るのを感じる。

シスはその最中《さなか》にいた。わけがわからない。暗闇が怖い。

〈もうすぐ家に着く！〉

〈いいや、そうはさせない〉

寒さが顔に噛みつこうが、気付きもしなかった。

ちょうどいまごろランプに照らされている居間の様子を頭に浮かべ、必死にその映像にしがみつこうとした。明るくて暖かい。椅子には母親と父親。そこにひとり娘が戻ってくる。「甘やかしてはいけない」と互いに言い合い、努めて前向きに、娘を強い子に育てようとしている両親のもとへ——ああ、だめだ。効かない。家はまだ先。

シスは帰途、道の両側から挟み撃ちにされている。

でもウンは？

シスはウンのことを思った。
きれいで、最高で、孤独なウン。
ウンにはなにがあるの？
シスは走る足を止めた。
ウンにはなにがあるんだろう？
ふたたび走り出した。背後から声がする。
〈われわれは道の脇にいるんだぞ〉
〈走れ！〉

シスは走った。湖の氷が腹の底に響くような大きな音を立て、シスのブーツが凍った道で鳴る。自分の足音に少し慰められる。それが聞こえていなければ、おかしくなっていたかもしれない。そんなに速く走る力はもうなくなってしまっていたが、それでもシスは走り続けた。

ついに家の明かりが見えてきた。

やっと。

玄関の明かりのもとへ。

道の脇にいたものは、ぼやき声とともに光の輪の外にとり残された。

そして、シスは両親のもとへと入っていった。父親は村に事務所を構えており、いまは自宅の椅子で心地よさそうにしている。母親は、時間のあるときいつもするように、本を手にしていた。ふたりともまだ寝る時間ではなかった。

息を切らせた霜だらけのシスの姿を見ても、心配のあまり立ち上がるなんてことはしない。椅子に座ったまま穏やかに言った。

「いったいどうしたの、シス？」

初め、シスは両親をじっと見つめた。ふたりは心配してなかったの？　いや、ちっとも。もちろん――怖がっていたのは外から戻ったシスだけだ。ふたりは〈いったいどうしたの、シス？〉と穏やかに言うだけ。危険なことなんてなにもないと両親は知っているから。だから、〈いったいどうしたの〉以上のことばもない――娘がぜいぜい息を切らせ、息が氷になって上着の襟一面を覆った状態で帰ってきても。

「なにかあったのかい、シス？」

シスは首を振った。

「走って帰ってきただけ」

「暗いのが怖かったの？」暗闇恐怖症の人に対してだれもがするように、ふたりは少し笑った。

シスは言った。

「ふん、暗いのなんかへっちゃら――」

「おや、そうかい？　どちらにしても、暗闇を怖がるにはもう大きすぎるからね」と父親が言った。

「そうね、シス。あなた、まるで命がけで走ってきたみたいよ」母親が言った。

「ふたりが寝るまでに帰れって、そう言ったから――」

「まだしばらく寝ないってわかってるくせに。走って帰る必要なんてないって」

シスは、なかなか脱げない凍ったブーツと取っ組み合い、わざと床に当て、音を立てていた。

「なによ、うるさいなぁ！」

「えっ？」

ふたりは不思議そうにシスを見た。

「なにか言った、私たち？」

シスは答えず、あえてブーツと靴下に集中していた。

母親が椅子から立ち上がった。

「あなた、いったいあっちで――」そう言いかけて、黙った。シスのなにかが母を止めた。

「行って、身体を洗ってきなさい、シス。気持ちよくなるから」

「わかった」

確かに気持ちよかった。シスは時間をかけて身体を洗った。質問から逃げられないことはわかっていた。シスは戻って、椅子を引いた。そのまま自分の部屋に行くような真似はしなかった。そんなことをしたら、ますます詮索されるだろう。いっそ向き合う方がよい。

母親が言った。

「ほら、ずいぶんよくなった」

シスは待つ。母が言った。

「ウンの家ではどうだった、シス？　楽しかった？」

「よかったよ」シスは尖った声で答えた。

「そんなふうには聞こえないな」父親がシスに微笑みかけながら言った。母親も目を上げた。

「今夜はどうしたの？」

シスは両親を見つめた。ふたりはできる限り優しくしようとしている。だが。

「なんにもない」シスはそう言った。「でも、ふたりともなんでも聞きだそうとするんだもん。根掘り葉掘り」

「そんなことないよ、シス」

「さあ、なかに入って、なにか食べなさい。台所のテーブルに夕飯ができてるから」

「食べてきた」

食事はしてこなかったが、そんなのどうでもいい、あっかんべー。

「はい、はい。じゃあ、もう寝た方がよさそうね。疲れてるみたい。明日の朝にはよくなっているでしょ。おやすみなさい、シス」

「おやすみ」

シスはすぐにベッドへと向かった。ふたりはなんにもわかってないんだから。ベッドに入ると、ひどく疲れていたことに気付いた。不思議な、気持ちを揺さぶるようなことがシスの頭のなかをぐるぐる回るが、寒さのあとの温もりは気持ちよく彼女を眠りへと誘《いざな》っていく。シスの巡る想いも長くは続かなかった。

5　氷の城

「ウン、起きて！」

おばさんのいつもの朝の掛け声だ。今日も、学校に行くふだんの日と変わらない。しかしウンにとって、今日という日はいつもと違う。シスと過ごした翌朝なのだ。

「ウン、起きて！」

学校に行くにはまだちっとも急ぐ必要はないが、おばさんがこんなだから、ぎりぎりまでゆっくりしていることは許されない。

遠く暗闇のなか、硬い氷がいつもの鋭い音を立てる。布団から首を出したウンの耳にも届いた。新しい一日の始まりを知らせている。昨夜は、重く打ちつけるような鈍い音も部屋に届いた。真夜中だよ、と告げるその音を聞いて、ようやく眠りに落ちた。夜、シスと過ごしたあとでは、眠りに就くまでに長くかかったのだ。ウンはシスとのこれからを考えていた。

外はここ一番の冷え込みだよ、と朝食を準備しながら、おばさんが言った。外はクリスマス前の荒涼とした冬の夜明けで、空にはまだ星が硬く光っているのが見えたが、東の空の星はかすみ始めていた。

暗闇が薄くなるにつれ、霜の降りた木々の白い姿が浮かんでくる。学校に行く支度をしながら、ウンは木を見ていた。

学校に行く。シスのところに。

今日、あのことは考えない！

突然、シスと顔を合わせるのは絶対に無理だという思いに駆られた。前夜、あんな切ない別れをしたばかりなのだ。ウンがシスを怖がらせてしまい、シスは飛んで帰ってしまった。こんなにすぐシスに会えるわけがない！　今日、学校に行くなんてできない。

少しずつ明るくなるなか、霜の降りた白い木々の森を見た。どこかで姿を隠さなくては。離れていよう。今日、シスには会えない。

明日はまた違ってくるだろう、でも今日はだめだ。今日はシスの目を直視できない。

それ以上は考えなかったが、逆らいようのない強い気持ちがウンを支配した。

シスには会いたくてたまらない、でも。

とにかく、いつもと同じようにウンは家を出なくてはならない。居座って、学校に行きたくないと言っても無駄。おばさんが許してくれない。具合が悪いと言うには遅いし――それにウンは、そういう手を使うことには慣れていなかった。通りすがりに鏡を覗いてみた。病気とはほど遠い顔をしていて、仮病が通じるはずもなかった。

ふだん通り学校に向かい、そして人に会う前にどこかへ行ってしまおう。どこかに行って、学校が終わるまで隠れていよう。

わざと音を立ててウンを起こそうとしていたおばさんなのに、ウンが学校かばんを下げて出かける準備をしてきたのを見ると、言った。

「もう行くの？」

「早すぎる？」

「そう思うけど」

「シスに会いたいから」

そう言って、ウンは胸が痛んだ。

「おやおや、すっかりお熱だね」

「んんん」

「そう。だったら仕方がないね。行ってらっしゃい。分厚いオーバーを着て正解。刺すような寒さだ。手袋も二枚重ねて行くんだよ」

おばさんのこういうことばは、まるで通学路の脇に立つ柵のよう。無視して乗り越えるのは簡単じゃないし、ウンをまっすぐ学校へと導く。でも今日は違う！　昨日の夜、シスがウンから逃げていったあとでは。

「どうしたの、ウン？」

ウンははっとした。

「えっと、手袋がないの」

「目の前にあるじゃない」

薄れつつある暗闇のなか、ウンは家を出た。一日、身を隠していられる方法を見つけなければならない。おばさんが見えなくなったら、できるだけ早く。


そう、今日はひとつのことしか考えられない。シスのことしか。

この道はシスへと続く道。

この道はあの子へと続く道。

シスには会えない。ただ想うだけ。

いま、あのことは考えない。

想うのは、やっと見つけたシスのことだけ。

鏡のなかのシスと私。

きらめきと輝き。

シスのことだけを、想う。


一歩進むたびに想う。

隠れ場所となりそうな、霜の降りた白い木々のところまでたどり着いた。ウンはここで道を直ちに離れた。なにも訊かれず帰るには、いつもの下校時間まで身を隠すよりほかにない。

しかしそんな場所、どこを探せばよいのだろう。長い学校の一日。しかもこの寒さのなかで。冷たい空気を吸いこむだけで息が詰まり、肺が縮む。冷気が頬を刺す。でも、しっかりとしたオーバーを着ているし、秋以来、寒さにはもう慣れていたから、ウンは凍えずに済んでいる。

バーン！　向こうの方の湖で黒光りする硬い氷が割れて音を立てた。

そうだ！　氷の音にウンは答えを得た。どこに向かえばよいか、ぱっとひらめいた。
氷を見に行くのだ。
ひとりきりで。
そうすれば、ウンはこの日、予定ができるし、動いて身体を温かくしていられる。
ちょうどいい。

ここ数日、氷の城のことは学校で話題に上っていた。ウンはおしゃべりの輪に加わらなかったが、耳を傾け、その氷についての知識を十分に仕入れていた。そして、この氷を見るならいますぐ、できるだけ早いうちに行かなければならないことも理解していた——というのも、もう雪がいつ降り出してもおかしくなかったからである。
少し離れたところに滝があり、この長く厳しい寒さのなか、想像を絶する氷の山が滝の周りにできているらしい。まるで氷の城のようで、そんな代物をかつてだれも見た覚えがないという。この氷の城を今日の目的地にするのだ。まずは湖沿いに、川に流れ込むところまで行き、そこから川沿いに滝まで行く。いまみたいな日の短い冬なら時間的にもちょうどよい。

よし、これでウンの一日は決まった。

本当はシスと一緒に見るべきなのだけど——

ウンはこの思いを追いやり、明るく考えた。二度目はシスと見にいこう——その方がずっといい。

湖上はあまりにも透明で、まるでなにも凍っていないかのように見える。極上の硬い氷だ。これまでのところ雪は降っていないし、凍っていく途中、ひとひらの雪も入らなかった。

この時点で厚くしっかりと凍っている。氷は割れたり、音を出したりを繰り返しながら強度を増す。ウンは駆け出した。寒さから、思わず走ってしまう。人目に付く場所から一刻も早く抜け出すためでもあった——ウンはこの日一日、隠れて過ごさなければならない。

うまく行った。〈ウン、こっちにおいで！〉という、優しいけれども逆らいようのないおばさんの呼び声は聞こえてこない。おばさんは、ウンが学校に行ったと思っている。

でも学校のみんなはどうだろう？

そのことについては考えていなかった。

今日は珍しいことに病気なんだ、と思うはず。当然だ。でも、シスもそう思うだろうか。もしかすると、シスにはわかるかもしれない。

ウンは駆け、足元では石のように硬く凍った土がくぐもった音を立てていた。霜の降りた木が間隔を置いて立っている。ウンはひたすら人目を避けるため、木立をジグザグに走っていった。まず氷の上に出て、そこからは湖の水辺を歩いていくつもりだ。

シスのことを想う。明日会うときのことについて考える——明日になればきっとすべてが落ち着き、今日ほどは会うのも難しくないだろうから。突如として、ウンはひとりぼっちではなくなった。もうすぐなんでも語って聞かせられる、そんな相手が見つかったのだ。

ウンは喜びいっぱいで氷を目指して走り、霜の降りた白い大地を駆け、銀のごとく輝く霜のびっしり付いた白樺の林を通り抜けた。このころにはほぼ明るくなっていた。色あせた幅広の葉っぱや、折れた砂色の草の茎が霜を付けている。それを踏みつけて走っていく――まるで砂をかぶるように、銀色の霜の粉がウンのブーツにかかる。

ウンは氷のことを思うと、うれしくなった。

厚くなった、分厚くなった。

氷はそうでなくっちゃ。

夜のあいだも氷が鋭い音を立てる。目を覚ましている者は思う。〈また厚くなった――〉

ウンとおばさんの古い丸太の家も、この寒さのなか、壁がぱきっと音を立てることがある。丸太が縮むんだよ、とおばさんは言っていた。しかし夜中にその音を聞いて、厚くなれ、もっと厚くなれなんて願ってはいられない。〈家のなかでも音がするほどの寒さなんだ〉と身震いする。

さてウンは水辺まで来た。だれにも見られなかったようだ。ウンを見たと話す人はいないはず。

まだ朝も早いので、案の定、氷上に人影はない。午前も遅くなれば、鼻垂れ小僧たちがやって来て、好きなだけ氷の上を転がり回ることが許されている。氷は、薄く危ないところも崩れそうな隠れたひび割れもなく、岩のように硬くなっているからだ。湖は大きく、氷は広大だった。

岸辺の黒光りしている氷を通してなかを見るのは楽しい。ウンはそれが我慢できるほど大人びてはなかった。地面に横たわると、氷のなかの世界に集中できるよう、顔の周りを手で覆った。

まるで窓ガラスを通して見るかのようだ。太陽がちょうど上がったばかりで、陽の光が冷たく斜めに差している。氷を通り抜け、澱《おり》や石だらけの、水中植物の生えた茶色の湖底に光が届く。

岸から少しばかり沖に出たところは、底まで凍っていた。湖底は霜が降りたように白く、厚い氷の層が積み上がっている。幅の広い剣の形をした葉っぱや細い茎、森の植物の種や堆積物、足の伸びた茶色の蟻が氷の塊のなかに閉じ込められていた——氷そのものが生み出す真珠のような泡も混じっている。日光が届くと姿を現す真珠。水辺の黒く丸い石が、隙間に木切れを溜めたまま一緒に凍っていた。氷のなかで、折れたシダの葉が世にも美しい絵を描いている。

地面から生えたまま凍ったものもあれば、水面を浮いていたのが凍っていく水に囚われてしまったものもある。水面が固まり、氷が育っていく。

ウンは寝そべったまま覗き込んでいた。心を奪われ、どんなおとぎ話の場面よりもその光景に魅了されていた。

もっと見たい——

氷の上に腹ばいになっていた。まだ寒さは感じなかった。ウンの細い身体が歪んだ人型の影となって湖底に映る。

ウンは磨かれた鏡のようになっている氷の上で場所を移した。氷のなかの光の海に、見事なシダの葉が残されていく。

おっと、急斜面だ。ぞっとする。

ちょうど深くなっていくところでは湖底もなにもかもが茶色。わずかな水草のあいだの澱に、小さな黒いエビが足を一本動かしている。それだけだった。泥のなか、土煙を上げるでなし、移動するわけでもなかった。

しかしそのすぐ先からは、泥に覆われた壁が真っ黒な深みへと落ちていった。

急斜面。

ウンが場所を変えると、滑るように影が動いてあとを追い、深いところまで来ると、落ちていくかのように影は見えなくなった。そのあまりにも素早い動きにウンは、びくっと身を引く。そしてすぐ我に返った。

ここに横になっていると、体がむずむずする。まるで透明の水の上に寝そべっているようなのだ。ウンは一瞬めまいを感じたが、分厚い頑丈な氷の上で安全なのだと改めて感じた。

それでも急に深くなる湖底は、見ているとぞっとする。泳げない者にとっては、確実な死だ。いまではウンも泳げるが、以前ははかなづちで――一度、こんな深みまで行ってしまったことがある。水のなかを歩いていて――急に足が届かなくなったのだ。ウンは全身が硬直し、自分がどんどん沈んでいくのを感じた――しかしそこで荒っぽい手が彼女をつかまえ、大きな声を上げる仲間たちのもとへ仰向けに引きずり上げてくれた。

深みの恐怖を思い出しているところで、横やりが入った――下の暗闇からウンに向かって一本の筋が迫ってきたのだ。矢のような速さの魚が一匹、ウンの顔をめがけて泳いできた。ウンは、そこに氷があることを忘れ、びっくりして飛び退いた。灰緑色の背をした、まるで一本線の魚は横目でちらっと見ると、〈この子はなに者?〉とこわばった視線を鋭く向けた。

それだけだった。魚はふたたび深みへと泳いでいった。

その小さな魚がこれからなにをするのか、ウンにはよくわかった。下に戻った魚が仲間に話している様子を想像する。なぜか、その光景はウンを喜ばせた。

しかし知りたがりの魚は、ウンをこの場所につなぎとめていた紐を断ち切ってしまった。寒かったこともあり、ウンは起き上がると走り出した。つるつるの氷の上で滑ったり、よろめいたりして、ときには足の下に地面を感じながら突き出たり引っ込んだりする湖の汀《みぎわ》をまっすぐに駆け抜けていく。身体がほかほかしてくる。楽しい。

こうして長いあいだウンは走り続けた。川の始まるところまではかなりあったが、ようやくウンはそこまでやって来た。

滝はずっと下流にあり、まだその姿は見えず、音も聞こえない。ここでは川のせせらぎが聞こえるだけで、少し上の、湖から流れ出ているところはまったく静かで無音だった。

湖から水が流れ出ていくのがこの場所だ。氷から優しく離れていく、滑らかな流れはあまりにも静かで、なんの動きも見えない。寒さのなか、水煙だけが上がっている。ウンは無意識のうちに見とれていた。まるで夢のようだった。こんな些細なことで成り立つ夢もありうるのだ。

許しを得ずに出てきたのに、あとで説明が大変になるかもしれないのに、ウンの心にはなんの葛藤もない。氷からそっと流れていく水は、ウンを静かな喜びで満たした。もちろんこのときでさえ、うっかり足場を失い、影の深みへと落ちていく可能性はあったが、たったいまはすばらしいひとときだった。流れくる視界に、あのこ、とはさっと吹き飛ばされていった。氷の下から音もなく現れる大きな澄んだ川は、ウンのなかを流れ抜け、ウンを運び、ウンか必要としていたことをウンに語ってくれた。

水もウンもあまりに静かだったので、ウンは遠くで低く響く滝の音が聞こえるような気がした。滑るように流れる水が高みから翔け出すところ。ここから滝の音が聞こえるはずはないと学校で聞いていたが、いまウンには飛瀑《ひばく》の音がかすかに聞こえる。

滝へ行くんだ。あのことは考えない。今日はあのことから解放されるんだ！

学校の遠足でも、みんなで滝に行く。凍った空気のなか、聞こえないはずの滝の唸りがかすかに運ばれてきた。

湖の水は柔らかで黒く、音を立てずに氷の脇を滑るように流れていく。水は留まることなく清らかで、夢のなかを流れるかのように穏やかだ。

遠くで轟く滝が進むべき道を思い出させた。ウンは目を覚ました。いま心のなかに感じていることをだれかに言えたなら――でも、できない。

立ち止まるとすぐに、冷えてくるのを感じた。寒さが服のなかに入り込んでくる。ウンは体温を保つために走った。

湖が川に注ぎ込むところのすぐ先は、地面が緩やかに傾斜していた。無音だった水の流れがせせらぎ始める。凍るような天気と水の流れから上がる靄《もや》のおかげで、傾斜地の土手には不思議な形の氷が連なり、この世にひとつのボビンレースができあがっていた。水は忍んで進み、氷を舐めるように流れていく。

この辺りにはエリカなどの低木が生え、ところどころに草が生い茂り、斜めに射す陽の光のもと、周り一面が霜で銀色にきらめいていた。ウンはこのおとぎの国で、盛り上がった草の塊から塊へと跳んでいった。かばんのなかで教科書と弁当箱が跳ねる。

さらに傾斜が強くなった。川辺できらりと光る氷の冠を載せた黒い石の合間で、やがて水の流れが大きな音を立てるようになった。

ウンは許しを得ずに、ここを走っている。彼女は思う。私だって望んで来たわけじゃない。でも実を言えば、ここにいたい気持ちは増す一方だった。

このとき、まだ遠いが、下流から誘うような低い音がはっきりと響いてきた——誘惑が増し、ここにいることがさらに正しく思えてきた。

夢中で走り、身体が温まる。少し立ち止まると、息でできた小さな白い雲がウンを囲んだ。分厚いオーバーは固くて、急いでいるときには動きにくい。ウンはしっかり温まり、目はきらきらしていた。ときどき立ち止まっては、盛り上がった草の塊の上ではっはっと息をしながら、辺りを白い雲だらけにした。

川がさらに急になり、せせらぎも次第に強くなってきたが、滝の音は、相変わらず背景に聞こえるだけで、その低い音は脅すようであり、誘うようでもあった。

ウンは刃向かった。

ここに来たくなんかなかったんだから！

だが来たかったのだ。シスのことがあったから。

サボるのはいけないことだし、間違ったことだとは言え、これが唯一正しいことだった。なにがあっても、いまさら引き返すことはできない。それはシスと関わっていた。シスと、輝かしい未来の予感と。いまこの旅をやめてしまい、下の方で音を立てているものに背を向け、なにも得ぬまま帰宅したとしたら、ウンは、一生埋めようのない空白を感じ、もう二度と見つけることのできないものを見逃したという思いを抱き続けることになる。

滝の轟きがどんどん強くなってきた。川の流れは速さを増し、岸の縁が黄色になってきた。ウンはエリカと草の塊の入り混じる銀色の世界を川沿いに走っていた。ときどき木がぽつんと生えていた。滝の音が強くなり、突然、目の前でもうもうと水煙が上がった――滝口にたどり着いたのである。

危うく滝つぼに落ちるところだった。ウンは、立ち止まった。それほど突如として、その場にいた。

ふたつの波がウンのなかを抜けていく。最初に麻痺しそうな寒さ、そして息を吹き返すかのような暖かさ――大きなことがあると、そんなふうになる。

ここに来るのは初めてだった。ひと夏ここに住んでいたウンだったが、ここに来ようと誘ってくれた人はなかったし、おばさんも滝があると口にしたことがあっただけだ。晩秋になって初めて、この氷の城が見るべき光景だということで、学校でも滝が話題に上ったのだった。

こ、これ、なんなの！

ほんと、氷の城だ！

太陽の光が急に当たらなくなった。両側が傾斜して窪地になっているので、おそらく太陽がここまで照るのはもう少しあとのこと——いまは極寒の影のなかだ。ウンはおとぎの国を覗いていた。とんがった小山の尾根や丸屋根、霜の降りたドームに柔らかな曲線、こんがらがったボビンレース。なにもかもが氷でできていて、そのあいだを水がほとばしり、常に氷を大きくしていく。幾筋にも分かれた滝の水は、氷に導かれ、新たな方向に伸びては、そこでまたなにかを作り出している。なにもかもが輝いていた。陽の光は当たらないが、氷はみずから青や緑に輝き、そしてそこは死の寒さだった。

その中心で、滝は真っ暗な底なしの穴に飛び込むように落ちていく。水の筋は崖のあちこちへと伸びていき、その勢い次第で水は黒から緑へ、緑から黄色や白へと色を変えていた。滝つぼで岩を打つ水は白い泡を立て、咆哮を上げる。そこから霧がもうもうと上がっていた。

ウンは歓声を上げた。その声は、絶え間ない滝の唸りにすっかりと飲み込まれた。

ウンの温かな白い息が冷たい水煙に消えていくように。

周りに上がる水煙と泡は一瞬もやむことなく、少しずつ、気まぐれかつ確実に城を築いていく。水は筋になって流れ、寒さによって氷となる。どんどん広く高く、小部屋に通り道、狭い通路を増築し、その上に氷のドームを築いていた。ウンがこれまでに目にした光景で、飛び抜けて複雑で華麗なものだった。

ウンはいま滝口から見下ろしている。足元から見なければ！と滝の脇の、霜の降りた急斜面を伝い始めた。頭にはいま、城のことしかない。それほど、とてつもなかったのだ。

滝の麓に着くと、ちっぽけなリンは地上から改めて氷の城を見上げた。なぜかこの旅に出た罪悪感はみじんも感じなくなっていた。ここに来るより正しいことはない。巨大な氷の城は、下に立ってみると七倍も大きくて猛々しい姿をしている。

ここからだと氷の壁は天にも届きそうで、ウンがそのことについて考えているあいだにも氷は育ちつつあった。ウンは恍惚としてきた。氷は縦横無尽に広がり、ウンには全体を把握することもままならない。水は四方へと飛び散り、氷となって嵩《かさ》を増すが、滝はその中央を落ちていき、氷のない空間を独り占めしていた。

完全にでき上がり、もう水が流れてこなくなったところもあった。水気もなくつるりとしていた。ほかのところでは水煙やしぶき、滴る水が一瞬にして青緑色の氷に変わっていく。

魔法の城だ。もし入口があるのなら、なかに入ってみなくては！ 奇妙な通路や入口がたくさんあるに違いない――そこに入らねば。――あまりに非日常の光景に、ウンはなにもかも忘れてしまった。このなかに入りたいという願望だけが残っていた。

しかしなかに入る道を見つけるのはそう簡単ではなかった。入口のように見えても、ただの見せかけのところが多かった。ウンはそれでも諦めず、ようやく身を押し込めば入れそうな幅の、水が滲み出ている割れ目を見つけた。

最初の部屋に入ったところで、ウンの心臓が強く打った。

なかは緑で、どんよりした光の線があちこちを貫いている。刺すような寒さ以外、この部屋にはなにもない。どこか気味が悪い。

ウンはでたらめに叫んだ。

「ヤッホー！」

だれかに呼びかけてみる。空っぽの部屋とはそういうものだ。こんな場所では叫んでみたくなる。なぜだろう、ここにはだれもいないとわかっているのに。

すぐに返事が返ってきた。〈ヤッホー！〉部屋が弱い声で答えた。

ウンは飛び上がった。

部屋は死んだように静まりかえっていると思われそうだが、実際は、間断なく聞こえてくる爆声に満ちていた。滝の音が厚い氷を通り抜ける。水が滝つぼの石に砕けて泡となる、激しい自然の遊びも、ここでは石臼を引くような、低い危険な音になっていた。

ウンは少し立ったまま、驚きが静まるのを待った。なにに向かって叫んだのか、なにが返事をしてくれたのか、ウンにはわからない。でもただのエコーだったはずがない。

もしかしたらこの部屋はそんなに大きくないんじゃないかな？　大きそうではあった。もっと答えが返ってくるか、ウンは試そうとはしなかった。その代わりに部屋の出口と奥に続く通路を探した。外の陽のもとに戻ろうなど、ウンの頭には思い浮かびもしなかった。

探すとすぐに道は見つかった。磨きあげたような氷の柱のあいだにちょうどよい割れ目ができていた。

部屋と言うより廊下のようなところに出てきた。とは言え、部屋は部屋なので、中位の声で「ヤッホー！」と言ってみる。すると、半ば怯え気味の〈ヤッホー！〉が返ってきた。お城ならこんな部屋もあって当然――ウンはもうすっかり魔法にかかっている。過去のことは忘れ、この瞬間、城のことしか考えていなかった。

その薄暗い通路で、ウンは「シス！」とは叫ばなかった。「ヤッホー！」と大声を上げた。この予期せぬ魔力のもと、シスのことは頭に浮かばず、緑色の氷の城で次から次へと現れる部屋のことばかり考えていた。そして、どの部屋にも入ってみなければ、とだけ考えていた。

ここは斬りつけるような寒さで、ウンは大きな白い息の雲を作ろうとしたが、あまりにもかすかな光で見えない。ここでは足元から滝の音が聞こえた——そんなの絶対ありえないのに。ありえないことが、こんな城では起こりうる。そしてなぜかそのまま受け入れてしまうのだった。

確かにここは寒すぎた。

この秋、冬の気配を感じたときにおばさんからもらったよいオーバーを着ているにもかかわらず、事実、ウンは少しばかり震え、凍えていた。しかし次の部屋に対する興奮を前にすれば、震えも忘れてしまった。次の部屋も絶対見つかる。間違いなく、確実に。

細長い部屋なら想像もつくように、出口は反対側にあった。水が残していった、乾いた緑色の氷の割れ目。

次の部屋で目にしたものに、ウンは息を呑んだ。

石のように硬い森のど真ん中にいたのである。氷の森だ。

ここでしぶきを上げていた水は氷の木や枝を作り上げ、大きな木々のあいだには小さな木が頭を出していた。そして名付けようのないものもあり――それがまたこういう場にはふさわしく見えた。ふさわしきものは見たままを受け入れようではないか。

ウンは目を大きく見開き、未知のおとぎの世界をじっと見つめるばかりだった。

はるか遠くで水が轟いている。

部屋は明るい。太陽はまだ丘の向こうなのだろう、陽の光は直接入ってはこないが、氷の壁を通り抜け、さまざまな形で奇妙な輝きとなって照らしていた。ここはものすごく寒かった。

しかしこの場にいれば、寒さはなんの意味ももたない。寒くて当然、ここそが寒さの家なのだ。ウンは目を丸くして森を見つめ、ここでも口ごもりながら試すように叫んでみた。

「ヤッホー！」

ここでは返事がなかった。

ウンはびくっとした。返事、しないんだ。

なにもかもが硬い氷。未知の世界。でも答えが返ってこないのは、正しくない。こういうことがあると驚いてしまうし、危険を感じる。

氷の森は優しくなくなった。部屋は素晴らしく豪華だが、どこか普通ではなく、それがウンを怯えさせた。ウンはすぐさま出口を探し始めた。なにかが起こる前に出た方がよい。どちらが前で後ろなのかなんて、もう考えなくなっていた。方向感覚を失っていた。

ここでもウンは、通り抜けられそうな新しい割れ目を見つけた。まるで行く先々にウンのために入口が開くかのようだ。そこを通り抜けると、違う種類の光が照っていた。これまでの人生でお馴染みの、普通の日光だ。

ウンは急いで辺りを見回し、少しがっかりした。上はただの空だったのだ！　氷の天井じゃない。青く冷たい冬の空が、はるかずっと上の方にある。要するにつるりとした氷の壁に囲まれただけの丸い部屋だった。最初ここに来た水は、その後、よそへと流れを変えたのだった。

ウンにはもう、あえてヤッホー！と叫ぶ勇気がない。氷の森でのことがあったから。しかしウンはこの普通の光のもとに立って、白い息の雲を試してみた。寒いと思うたびに、さらに寒くなっていく。旅の途中に蓄えた温もりはずっと前に使い果たしていたし、ウンのなかにあった温もりもいま小さな息の雲となって霧散していく。はっ、はっ、はっと続けざまに息の雲を作っていった。

ウンはさらに先を急ぐつもりが、突然、足を止めた。

ヤッホー！　大きな声がした。

あの隅から聞こえた。

ウンは振り返ったが、だれもいない。

でも想像なんかじゃない。

氷の城ではおそらく、やって来た者が叫ばないときは、部屋が代わりに大声を上げる仕組みなのだろう。それがうれしいことなのか、ウンにはわからなかったが、とにかく小さな声でヤッホー！と返事した。実際、ほんのささやき声だった。

返事をしたのは正しいことだったようだ。ウンの気持ちは晴れ、それで勇気も出た。すぐ辺りを見回し、さらに先に進めるような割れ目を探し始めた。

ここでは落ちてくる水の音が、強く深く響いた。見えないだけで、滝は近い。先に進まなければ！

ウンは寒さに震えていることに自分でも気付いていなかった。あまりにも気が張っていたのだ。あそこに隙間がある！　ウンが望みさえすれば、そこに道が拓けた。

素早く通り過ぎる。

しかしここも、ウンが思ってもみない部屋だった。涙の部屋、まさしくそんなふうに見える部屋のなかに立っていた。

なかに押し入るや、首筋に水滴が落ちてきた。ウンの通り抜けてきた穴はひどく低く、身体を曲げてくぐらなければならなかった。

涙の部屋。ガラスのような壁に囲まれた光はとても弱く、薄暗がりのなか、ぽたりぽたりと落ちてくるしずくのせいで、部屋全体が泣いているかのようだった。そこにまだ氷は育っておらず、天井からのしずくがただぴしゃとかすかな音を立て、小さな涙のたまりに落ちていった。なにもかもが悲しかった。

しずくはウンのオーバーにも、毛糸の帽子にも落ちてきた。それはどうでもよかった。ここにいると、胸が石のように重くなった。心が泣いていた。でもなんで涙を流すの？

いやだ！

でも、やまない。

それどころか、増える一方だった。この部屋への水は量を増し、しずくはテンポを上げ、涙はさらに激しくこぼれ落ちた。

壁に水が滲み出した。胸がはちきれそうだった。

ウンにはそれが水だとよくわかっていたが、それでもここは涙の部屋だった。重く、重くなっていき、こんな部屋のなかではだれかに呼びかけたいとも思わなかったし、自分を呼ぶものもいなかった。滝の音のことなど、考えもしなかった。

しずくがウンのオーバーの上で氷に変わった。深い不幸を感じ、ウンはその場を離れたくなった。壁を伝っていくと、気が付けばウンは出口に来ていた。それとも入口？——もうその違いもわからない。

その出口はこれまでにウンが通り抜けてきたどの割れ目よりも狭かったが、光り輝く広間に続いているようだ。ウンはどうしても向こうへ行きたいという想いに取りつかれた。必死の想いだった。

狭すぎる。通り抜けられない。どうしても行きたい。分厚いオーバーのせいだ、とウンは思った。それで背負っていた学校かばんもオーバーも大急ぎではぎ取ると、戻ってくるまでそこに置いたままにすることにした。ちなみに、そのことについてそう深く考えたわけではなく、とにかく向こう側に行くのが肝心だった。

今回もうまく抜けられた。細くて柔らかいウンの身体は、力いっぱい押せば入れた。次の部屋は奇跡のようだった。光が天井と壁を通って強く緑色に照らしていた――涙に溺れかけたあとでは心が軽くなった。

わかった！　突然ウンは理解し、物事をはっきりと見ることができた。さっきの部屋で強く涙を流していたのはウン自身だった。なぜ泣いていたのかわからないが、みずからの涙に暮れて闘っていたのだ。

そんなことはどうでもいい。塵ひとつない、緑に輝くこの部屋に足を踏み入れて立ち止まった、その瞬間にふと思っただけだった。ここは天井に一滴のしずくもないし、滝の音も弱まっている。もし人づきあいや慰めがほしくて心から叫びたいなら、この部屋こそあつらえむきだ。

溢れる想いにウンは叫んだ。

「シス！」

叫んでから、ウンは驚いた。少なくとも三方から〈シス！〉と返事が返ってきたのだ。

叫び声が滝の音と混ざっていくまで、ウンはその場に立っていた。部屋を横切るあいだ、ウンのなかに母親のこと、シスのこと、そしてあのこと、がほんの一瞬駆け巡った。叫びがウンのなかのなにかを開いたのだ。しかし、それもいままた閉じてしまった。

私はどうしてここにいるの？　うろうろしながら、ウンはふと思った。そのうち徐々にぎこちなく重い足取りになっていく。どうしてここにいるの？　ウンはこの難問の答えを探し求めていた。奇妙に高揚し、なかば意識を失いかけていた。

ウンは限界まで来ていた。

氷の手がウンを覆う。

このなかではしびれるような寒さを感じていた。そうだ、オーバーをどこかに置いてきたんだ。寒さが好きにウンの身体のなかに入り込む。

ウンは怖くなり、暖かいオーバーのところまで戻ろうと、急いで壁の方へと動いた。どこから入ってきたんだっけ？

壁は氷の岩のようで、硬くてつるつるだ。ウンは別の壁へと移った。ここにはいったいいくつの壁があるの？　ウンがどこを向いても、硬いつるつるの壁が立ちはだかった。

ウンは短く叫んだ。「出・た・い！」

直後に割れ目が見つかった。

それにしてもこの城は奇妙だ。オーバーのところに戻ることなく、どこかへと出たが、そこにうれしくなる要素はなかった。

またしても新しい部屋だった。とても小さい部屋で、低い天井から氷柱《つらら》がいくつも垂れ下がり、床中に氷の柱が伸び、壁はひび割れ、角ばっている。氷の厚みのせいで、緑色の光は弱い。いっこうに弱まらないのが滝の音で、滝つぼはすぐ隣か、真下かどこか——まるで滝のなかにいるようだった。

壁中を水が流れ落ち、涙の部屋を思い出させた。

ウンはもう泣いてはいない。寒さが涙を止め、なにもかもをぼやけさせていた。ウンの頭のなかをさまざまな思いがよぎるが、まるで靄のなかにいるかのようだ。その絵をつかもうとすると、別のなにかが現れる。ここは確かに危険だと察知したのだろう、ウンは大声で氷の城に向かって、それらしい叫び声を上げようとした。

「おーい！　おーい！」

だがちゃんとした声にならなかった。なにか別の思いが邪魔をして、ウン自身の耳にさえ、ほとんど聞こえない。声はまったく届かず、荒々しい滝の音が応えるばかり。滝があらゆる音を飲み込んでいく。もうどうでもよかった。新しい思いが浮かんできても、すぐに次の寒さの波がかき消していた。

滝の音のなかで寝たら気持ちいいんじゃないかな、とウンはふと思った。瀑声のなかに横たわり、水の流れに身を任せるんだ、どこまでも——しかしその考えもかき消されてしまった。

床はしずくで濡れ、薄く凍り始めているところもあった。こんなところには長居するもんじゃない——ウンはもう一度、ややこしい壁を伝って割れ目を探した。

ここは最後の部屋だから、ここより先には進めないんだ。ウンはぼんやりと考えた。とにかくここには出口がない。今回ばかりはウンがなにをしようと無駄だった。割れ目はいくつもあるのだが、どこもさらに氷の奥深くへと続き、異質な光を放つばかりで、外へと導いてくれるところはなかった。

さっきは入れたのに。

そんなこと考えても無駄だ。

いまは〈なかへ〉ではなく、〈外へ〉だ——まったくの別物だ、とウンはよろめきながら思った。通り抜けてきた割れ目が、ここを出ようとするときに、見つけられなくても仕方ない。

叫んでも無駄だった。滝の音にかき消された。ウンの前には涙の海が広がり、そこに浸ることもできたが、そうはしなかった。ウンは別のところでもう涙を流し終えていた。

壁を叩く音がする？

いいえ！　壁を叩いたりするものなどいない。こんな氷の壁は音を立てない。ウンは立っていられる乾いたところを探した。

ようやく片隅に湿っていないところを見つけた。凍りついて乾燥していた。ウンはそこに膝をついて座った。足はもう感覚を失っている。

ウンの身体は寒さですでに麻痺していた。もうそれほど凍えてはいない。ウンは疲れていた。本格的に出口を探してここを出、オーバーのところに、おばさんのところに、シスのもとに行く前に、少しだけ腰を下ろしたかった。

考えが目まぐるしく動きながら、どんどん曖昧になっていく。母親の姿がくっきり浮かび上がるが、やがてその姿も消えていった。ほかのこともすべて靄となり、一瞬その絵が見えるのだが、留まることはなかった。もうあと回しでいいや、考えるのは。

なにもかもがずいぶん昔のことのように感じられ、さらに遠退《とおの》いていく。この城の奇妙な世界で走り回っていると疲れる。寒さもそれほど気にならないいまなら、少し一休みしてもいいんじゃない？

ウンは腰を下ろして手をこすり合わせている。なにがきっかけでそうし始めたのかは忘れた。手袋は二重だ。

しずくがウンのために音を奏で始めた。最初のうちは圧倒するような滝の音以外、なにも聞こえてこなかった――しかし落ちてくるしずくのポタン、ピシャという音が聞き取れるようになってきた。低い天井から染み出した水が、床の氷の柱や小さな水たまりに落ちる――ずっと続く単調な歌のように、ポタン、ピシャ、ポタン、ピシャ。

〈ええっ!!　あれはいったい、なに！〉

ウンは姿勢を正すと、それまで気付かなかったなにかが自分の上に降りかかってくるのを感じ、思わず叫び声を上げた――今、ウンのなかには、叫びに満ちた深くて黒い泉ができていて、必要とあらば、そこからいつでも声は出せる――しかし彼女の上げた叫びはひとつきりだった。

氷のなかになにかいる！　初めは形もなかったが、ウンが声を上げた瞬間、形ができ、氷でできた目のように光って見下ろし、ウンの思考を遮った。

間違いなく、目だ。

とてつもなく大きい。

ウンのことを見つめながら、どんどん大きくなっていく。氷のなかで光を湛えていた。

ウンが声を上げたのは一度きり。よく見てみると、やっぱり怖くないことがわかった。

寒さで少しずつ頭が麻痺し、鈍くなってきていた。氷のなかの目は大きく、じっとウンのことを見つめているが、なにも恐れる必要はない。ウンはただ思う。なに見てるのよ？　私はここにいる。こんなことがあればいつも心のなかで言い返していたことばがぼんやりと浮かんだ。私、なにもしていないのに――

怖がることなどなにもなかった。

目は光を増し、部屋の様子がはっきり見えるようになってきた。ウンは身体の下に足を折り入れ、ふたたび前のように身を縮ませ、左右に顔を向けた。

ただの大きな目。それだけだ。

こういうところには大きな目があるものなんだ。

その目が光の隙間から自分のことを見ているのを感じたウンは、顔を上げて、その目としっかり向き合わなければならなかった。

私はここ。ずっとここにいた。私は、なにもしていない。


次第に部屋は、ポタン、ピシャという音でいっぱいになっていった。一粒ひと粒のしずくがちょっとした歌を歌っている。その間、滝の音が絶え間なく荒々しい演奏を続け、そこに高い音でポタン、ピシャ！が明るい曲を被せてくる。その音楽はずっと前にすっかり忘れていたなにかを思い起こさせた。懐かしい、心を落ち着かせてくれる演奏だった。

光が増した。

目はウンの方を向いて、もっと明るく照らしてきた。目がどんなに大きくなっていってもウンは気にしない。その目を堂々と見つめ返し、いくらでも目が見るに任せ、恐れはしなかった。

凍えてもいなかった。身体はひどくしびれているため、調子がよいとは言えないが、寒くはない。どこかの部屋がいやになるくらい寒かった記憶がぼんやりとあるが、いまは寒くない。ウンは身体が重くてぐったりしていた。実際、少し眠りたいのだが、光の目がウンを眠らせてくれない。

ウンは身体を動かさず、壁際に座ったまま、氷のなかの目と向き合うことができるように、顔を上げていた。ときとともに光は強くなり、炎を上げ始めた。しずくが単調な音楽を奏でながら、ウンと日のあいだできらっと閃光を上げながら落ちていく。

炎の目はただの警告――いまや部屋は燃えるように明るくなり、光に飲み込まれる。

冬の太陽がようやく、氷の城に届くほど高く昇った。

遅くて冷たい太陽にも弱いながらも少しの力はあった。日光は厚い氷の壁や角、ひびを通り抜け、驚きに満ちた模様と色付きの光をもたらし、寂しかった部屋を踊らせる。光の海のなか、天井の氷柱や床から伸びる氷の柱、しずく、なにもかもが一緒になって踊る。きらめき、硬くなり、きらめき、硬くなり、しずくが一粒落ちるたび、小部屋はしずく一粒分、また小さくなっていく。やがて氷は部屋を満たす。

眩しいほどの光の海。ウンは光以外のものとのつながりを失ってしまった。じっと見つめてくる目は燃え上がり、辺りはすべて光となっていた。光だらけだ、とウンはぼーっと考えていた。

いつでも眠れる状態だ。暖かくすらあったかもしれない。とにかくここは、寒さとは無縁だった。

氷の壁には模様が踊り、光が強さを増す。ひっくり返る――なにもかもが目を刺すように明るい。なんの違和感も感じず、ウンはただそのままを受け入れていた。ウンは眠りたかった。気だるく、身体から力が抜ける。もう眠る準備はできていた。

第2部　雪に埋もれた橋

1　消えたウン

あれはただの夢だったのかな？

昨日の夜、ウンと私、一緒にいたの？

そう！

眠い頭がすっきりするにしたがって、はっきりと見えてきた。あれは実際に起きたんだ。シスは衝撃を受け、喜びに浸った。

たったいまは新たに湧いたウンへの思慕以外なにもない。さあ、まっすぐ学校に行き、ウンに会おう。今日は顔を合わせられる。事態は変わったのだから。

シスは寝転んだまま、これから起きる新しい変化について想いを巡らせていた。私はこの先、永遠にウンの友だちなんだ。シスは神妙に考え、この瞬間を厳かに心に刻んだ。

今日は母親も父親も、なにも訊かない。いくぶん尋常ならざる様子で帰宅した前の晩のことについて、ふたりはひと言も触れなかった。少し待つつもりなんだろう、一日か二日。そのあとで、なにげなく質問するのだ。ふたりはそんなふうにして、いろんなことを訊き出してきた。

でも今回は違う！　ここは線を引かねば。ウンについてはひと言もシスから聞き出させない。ウンの目のなかで光っていたなにかは、下手に触れると、すぐに壊れてしまいそうだった。人に話して聞かせるわけにはいかない。

いつもと変わらない朝だった。寒さに備え、シスはしっかり着込むと、カバンを手に学校に向かった。

どちらの方が先に着くだろう？　ウンの道は学校のすぐ近くまで行かないと、シスの通学路と重ならない。これまでふたりが通学路で出会ったことはない。

ウンは今日もまだ恥ずかしがっているかな、とシスは考えた。

今日の寒さはこれまでにない、噛み付くような厳しさだ。絹のようになめらかな薄明かりが明け方の空を鋼のような青に染めていく。今日は道の両側に怖いものはなにもいない。朝の薄闇が徐々に確実に明け、気持ちのよさしか感じられない。夜だと正気を失いそうになるのが不思議だ。

ウンにはなにがあったの？

きっといつか話してくれるだろう。それについては考えたくない。ただウンと一緒にいたいだけ。ウンが説明する必要はない。なにかひどいことなんだ。知りたくない。

シスが暖かい教室に駆け込むと、ウンはまだ来ていなかった。ほかの生徒たちが登校してきた。だれかがなにげなく言った。

「おはよう、シス」

シスは、昨夜ウンと会ったことについてひと言も触れなかった。シスとウンが紙切れをやり取りしていたので、ほかの子たちは興味津々だっただろうが、口には出さなかった。ウンが現れたときになにが起きるか、待っているのだろう。シスもすっかり心の準備ができていた。ウンが戸口に現れたらすぐ、ふたりの関係をみんなに示すべく、ウンのところに行くつもりだ。考えるだけで、ぞくぞくするほどうれしくなった。シスはもうどこか変わっていたのだろうか。古い仲間のひとりがまっすぐ訊いた。

「どうしたの、シス？」

「べつに、なにも」

シスがグループを離れ、うれしそうにウンのもとに行こうとしているのが丸見えだったのだろうか？

みんな、そんなに鋭かった？　それでもいいや。そのうち秘密でもなくなる。みんなには悪いけど、行動に出なくてはならない。ウンのところに行って、ふたりの友情を大っぴらに味わうのだ。

早くウンが来て、新しい朝が始まらないかな。

ウンの来る気配はない。ようやくウン以外の全員がそろった。担任の先生が来た。もう時間だ。

先生が朝の挨拶をした。

なのにウンは来ないの？

教卓から出席を取る。

「今日はウンがいないんだね」

授業が始まった。

〈今日はウンがいないんだね〉穏やかな確認。じっと身構えていたシスには、先生の声に少し意外な響きが混じっていたように思われた。ほかの子たちにはきっとなにも聞こえていないだろう。ウンが休む日もあれば、別のだれかが休む日もある。この場ではとくに気を引くほどのことでもなかった。今日はウンがお休み、と分厚い出席簿に書き込んで終わりだった。

シスは自分の席で不安になった。

ウンが学校をサボるような子でないことは知っている。だから今日はなにか特別なことがあったに違いない。シスのなかで、ウンの欠席は昨晩のことに直結した。要するにウンはシスと会いたくないってこと？　ウンはそんなに気にしていたの？

休み時間、シスはいつも通りに見えるよう振る舞った。だれもシスがいつもと違うとは言わなかったので、きっとうまくいったのだろう。サボっているだれかさんのことに触れる人はいなかったし、来てもどうせ一緒にはいない相手だった。

学校の一日が進む。冬の遅い太陽が上がると、弱いながらも窓ガラスを照らした。シスはひたすら、太陽が沈んで、一日が終わるのを待っていた――学校が終われば、この場を離れてウンのことを訊きに行ける。一日が長く感じられた。

昼にかけて曇ってきた。冬の太陽は、日没より先に、薄い雲の向こうに隠れてしまった。薄雲はすぐに灰色の厚い雲へと変わった。

教卓で先生が言った。

「今日は午後から天気が変わるって予報が出ていたね。雪になるって」

雪。

今年初めてだ。

短くて、大きな意味をもつことば。雪。

独特の響きをもっている。そのことばがなにを意味するのか、教室の全員がよく理解していた。雪、生活に大きく関わることば、というか。

先生が続けた。

「ようやく寒さも和らぐだろうね」

まだ続く。

「でも、氷には雪が積もる」

ほんの一瞬、みんな悲しいことを考えているみたいだった。お葬式とかそんなことを。そんなふうに見えた。最後のお別れと言わんばかりに、湖は黒々として、鉄みたいに輝いている。長いあいだそこは、寒いが極上のスケート天国だった。それも今日で終わり。今日、雪が降る。

次の授業のあと、子どもたちが外に出ると、氷は白くなり始めていた。

校庭にはまだなにも積もっていない。空は灰色で、顔を上に向ければ、目には見えないなにかチクチクするものが感じられた。でも大きな湖の氷はもう白かった。鏡のようだった氷は姿を消し、ほかのどこよりも先に雪の粉に覆われていく。

ひとつのものをこんな瞬時に台無しにできるなんて驚きだ。真っ平らな、死せる白い氷。

やっとウンのことが話題に上った。授業開始で子どもたちがなかに呼ばれたときのことだった。

「今日、ウンがどうして学校を休んでいるか、だれか知ってるかい?」

シスははっとしたが、だれも目にしなかっただろう。ほんの一瞬のことだった。みんなが互いに顔を見合わせ、なにか知っているという素振りは見せなかった。

「知らない」しばらくして真面目な答えが返ってきた。先生が言った。

「ウンが遅れてでもやって来るのを、一日中、なんとなく待っていたんだ。ウンらしくないな。でも、病気なんだろうね」

日々思っていたよりも、ウンが重要人物であることを、みんな実感した。おそらくずっとわかってはいたのだろう、ウンがどのくらい頭の切れる子なのかということも。しかしウンはなぜかいつも離れたところに立ち、仲間の輪に入ってこなかった。まれになにかに加わっても、終わればすぐにそこを抜け、そのあとは前と変わらず、どこか横柄そうな調子で、そこに立つばかりだった。

みんなは深く考えるでもなく、先生を見ていた。いま、ウンが高く持ちあげられている。

先生はクラスを見渡した。

「ウンの友だちで、もしかしたらウンが病気だっていうことを聞いた人はいないかな？　秋学期が始まってから、ウンは一日も休んだことがないんだ」

だれも答えず、シスははらはらしながら座っていた。

「おや、ウンには友だちがいないのかい？」先生が言った。

「違う、そんなことない！」

全員がシスの方を振り返った。ほとんど叫び声に近かった。シスがじっと顔を赤くしている。

「きみが言ったの、シス？」

「うん、そう」

「ウンのこと、よく知ってる？」

「うん――」

ほかのみんなは怪訝そうだ。

「そう。じゃあ、今日、ウンになにがあったのか、知ってるかい？」

「今日は会ってない！」

いつもとあまりにも違うシスの様子に、先生は一時中断した。心配になって、シスのところにやって来た。

「シス、きみはいま――」

「私がウンの友だちだって言ったの」シスは先生を遮って言った。

〈これでわかったでしょ〉とシスは思った。近くに座っていた女の子のひとりが訊ねたそうにしている。それって、いつから？　シスはきっぱりとした口調で付け加えた。

「昨日の夜から私はウンの友だち、これでわかったでしょ！」

「おっとっと！」先生が言った。「なにか気に障ることを言ったかな、シス？」

「ううん、でも」

「でも昨日の夜は、ウンに変わりはなかったんだね？」

「うん、大丈夫だった」

「そうか、なるほど。でもじゃあ、よかったら、シス、帰りにウンの家に寄って、どうしたのか訊いてきてくれるかな。ウンとは通学路が違うことは知ってるけど、ちょっと寄り道してくれないかい？」

「わかった」シスは言った。

「どうもありがとう」

ほかのみんなは不思議そうにシスを見つめ、最後の休み時間に質問してきた。

「ウンのこと、なにを知ってるの？」

「なにも知らない」

「そんなことないでしょ。あんた、なにか知ってるって顔してるよ。先生もあんたを見て、それがわかったんだよ」

みんなは少しいら立っている。シスがあっさりとウンに鞍替えしてしまった事実がまだよく飲み込めないのだ。シスにはなにか話したくないことがあるんだ、ということが見て取れた。

「なにか知ってるって、顔に出てるよ、シス」

シスはやるせない思いでほかの子たちのことを見た。ウンのなにかとんでもないことを、唯一自分だけが知っていることに、突然シスは気付いた。

帰り道のこと。空模様が悪くなってきた。まだ雪はわずかにしか降っていない。数人のグループで、シスが先頭を歩く。シスにはみんなの考えていることがわかった。〈シスはウンのなにを知っているの？〉

道が別れるところまでやって来て、全員が立ち止まる。今日はどこかいつもと違う。みんな傷付いていた。シスが悪い。

「なんなのよ？」シスは鋭く言った。

みんなはシスを行かせる。

シスはできるだけ急ぎ、あの小さな家に続く道へと向かった。

そうしていよいよやって来た――雪が、どっと。

雪が解き放たれた。暮れかけのいま、寒さが和らぐ。これは根雪になりそうだ。間もなくして硬く凍った大地に雪が降り積もる。硬い地面に凍った丘。おばさんの家まであと少し。家まで来ると、庭はすっかり白くなっていた。

だれの姿も見えない。

私はウンのなにを知っている？

みんなは私がなにか知ってると思っている。

知ってることはある。でも。それはウンと私、ふたりだけのあいだのこと。ああ、それからたぶん、神さまも、とシスは念のため付け加えた。シスはすさまじい白のなかにいた。

ほんのわずかだが、大きな瞬間だった。


シスが庭に足を踏み入れるや、おばさんが飛び出してくるのが雪越しに見えた。いったい全体、どういうこと？　シスは近寄りながら、なにかいやな予感を抱いている自分に気付いた――おばさんが出てきた。ずっと外を見て待っていたんだ。いったいなんのために？

ひたすら降り続ける雪のなか、シスは何歩か大股で跳ぶように歩き――この新しい敷物に最初の足跡を付けた。おばさんはぽつねんと立って、雪の向こうからこちらを見ている。

「ウンになにかあったのかい⁉」シスが戸口に来ないうちから、おばさんはほとんど叫ぶようだった。

「え？」シスは口をあんぐりさせた。

理解できない小さな衝撃。

シスはすべてひっくり返し、落ち着いて考えなければならなかった。状況はまったくの逆だった。

「どうしてウンが帰ってくるんじゃなくて、シスが訪ねてきたのって訊いたの」ならば、シスも胸に抱いた恐怖を放つしかない。

「家にいるんでしょ、ウンは、家に？」

ふたりの口が大きく開き、暗い穴が覗く。うろたえて質問を交わす。家と小屋を大急ぎで探したが、なにも見つからない。

動揺して走り回る。この家に電話はないが、それほど遠くないところで借りられる。

おばさんは助けを求めて、電話のあるところへと出ていった。

「なにもしないうちに、暗くなってしまう」おばさんは駆け出しながらそう言った。

シスは両親のいる家へと駆けた。いま、ふたりを必要とし、ふたりのことばがほしかった。雪はこんこんと降り続け、辺りは暗くなり始めている。

またしてもシスはこの道を駆けていた。降ったばかりの雪のなか、道は真っさらだった。一台の車もなく、足跡ひとつない。道の両側にいるなにかのことは頭にない。ただ家に帰るのだ。そして知らせなければ。

2　眠れぬ夜

ウンが姿を消した。

辺りは暗くなってきた。

ああ、いけない！

でもやみくもに切望したところで、暮れ始めの薄暗さを止められはしない。それどころかあっという間に闇が満ち、濃くなってきた。

いまや広く知らせが回り、捜索に人が集まっていた。懐中電灯が足りず、また大雪のせいで、大混乱の捜索だ。懐中電灯の光とウンの名を呼ぶ長い声が、濃くなりつつある暗闇と雪に飲み込まれていく。捜索隊は列になって歩き、壁のように立ちはだかる夜に向かっていった。夜の壁を打ち壊すのだ。人々は諦めない。それぞれ力の許す限り、壁を打ち破ろうとしていた。

ウンが姿を消した。

昨日降ってくれていたら足跡が残っていたのに、と捜索隊の人たちが言った。この雪は、降り出したのが遅すぎる上に、状況を悪くするばかりだった。

捜索の騒ぎにはシスも加わっていた。最初、そのことを気にかける人はだれもいなかった。シスはどこか胸が疼くのを感じながら走っていた。捜索に出る許可を得るまでに、家でひと悶着あったのだ。

「私も行く、お父さん！」

「この悪天候のなか、夜の捜索に出るっていうのは、子どもの遊びじゃないんだ」

シスの父親は大急ぎで身支度を整えながら言った。

シスはなおも言い募った。

　すると当然ながら質問された。

「昨日、ウンと一緒にいたときはどんな様子だったんだい？　なにか変わったことはあったかい？」

「なかった」シスはきっぱりと言った。

「そうよ、ウンはなんて言っていたの？　家に帰ってきたとき、あなた少しおかしかったわよ。ウンはなにを言ったの？」母親が質問に加わってきた。

「それは言わない！」シスはそう言うと、苦々しく後悔することになった。しゃべり過ぎたようだ。シスのことばを両親がすくい取る。

「えっ、もしかしてお前、ウンからなにか手がかりになりそうなことを聞いたのかい？」

「ううん、なにも知らないって、だから！」

　両親がこう質問してきたのは幸いだった。これでシスは、良心にかけて、否定することができた。ウンがなにかを言おうとしたとき、自分は逃げたのだから。

母親が言った。

「シスも連れていった方がいいと思う。なにがあったのかわからないけど、シスのこの怒りっぷりを見ると……」

こうしてシスも行くことになった。騒ぎが始まったときには、同級生が何人もそこにいたが、みんな家に帰らされた。シスは人目を避けるように、端の方にいた。

あっという間に夜が更けた。必要なら夜通し捜索を続ける予定だ。ウンを外で倒れたままにするようなことがあってはならない。

どこを探せばよいのか？　あらゆる場所だ。方針はそれだけ。おばさんの家が捜索の中心になった。おばさん自身は途方に暮れていた。何人かがちょうど、手がかりを求めておばさんのところにやって来た。ああだこうだと当たりをつけている。

「湖の凍っていないところは」だれかが言った。

「湖で氷の張っていないところ？　大きな川が流れ出ているところ以外、ほかにないぞ。ウンはあっちの方には行ってないだろうよ、きっと」

「あんなところ、なんの用があるっていうんだい？」

「ほかの場所だって、なにか用事があるってわけじゃないだろ？」

「わしが考えているのは途中の道のことだよ。車が通るんだから、なにかあったのかも」

なにも見えない暗闇のなかを歩き回る協力的な人たちのあいだをもごもごと伝わっていくことばには、ある痛みと静けさが潜んでいた。道。果てしなく不確かで、無防備な道。できればそのことは考えたくない。

「あらゆる方面にずっと連絡しているんだから」それについてだれかが早口で言った。

「ほかにもあるぞ。滝だよ。あそこにでかい氷ができてるんだ。学校からいつかそこに遠足に行こうって話もあったって言うから、ウンがひとりで行って、道に迷った可能性もあるんじゃないのか？」

おばさんが話に加わってきた。

「じゃあ、そのために学校を休んだっていうの？　そんなの、ちっともウンらしくない」

「じゃあ、ウンらしいってどういうことだい」

「ウンには友だちがいるのかい？」

「友だちはいない。そういう子じゃないんだよ。昨日、越してきてから初めて、女の子がひとり遊びに来てくれたけど」

「え？　ちょうど昨日？　どこの子だい？」

「シスだよ、ほら。でも今日はなにも話せないみたい。私も訊いてみたんだよ。なにか言いたくないことがあるようなんだけどね。でもただの女の子同士の内緒ごとだったと思うよ。シスが家に帰るとき、そんな感じがしてね。だから、それがどうこうって話でもないんだよ」

雪のなか、おばさんは途方に暮れて立ち尽くしていた。話を聞いたところで、なんの手がかりにもならない。それでも捜索の中心はおばさんだった。

「どうしてあとから雪が降るんだい、こんなすぐあとに――」おばさんが言った。

「そういうもんだよな」だれかがやるせなく言った。

「ああ、もう」


この夜はどこの家にも明かりが灯っていた。道という道はすべて、そして道のないところも、降ったばかりの雪が踏みしめられていた。藪の奥や平地では、吹雪く雪が電灯を塞ぎ、光が瞬きしているかのように見えた。叫び声は上がるが、遠くまでは届かない。漆黒の闇がその声を妨げていた。

明日、明るくなってからの方が見つけられるかもしれない、とだれかが言った。しかし、それまで待っていられない。

木立のなかでシスはしゃがみ込んでしまった。彼女は常に、電灯の明かりが見え、捜索の声が聞こえる範囲にいた。父親はシスの居場所を時折確認していたが、シスは常に一団の端を歩くようにしていた。ウンのことを思い、シスは突然、木々のなかでへたり込んでしまったのである。

ウンはどこにいるの！

「おーい、そこの人！」すぐ近くで大きな声がしたが、シスはほとんど気付いていなかった。そこら中でみんなが叫んでいたからだ。

シスはしゃがみ込んでいた。身体の疲れからではなく、なにか別のものが欠け落ちたみたいに。

ウンになにかあってはいけない――

ちょうどそのとき、背後に足音がした。顔を向けると、電灯の明かりに照らされた若者が見えた。その顔は輝くような、温かな喜びをシスに向けている。

「おーい、きみ！」

シスは男の子の呼び声に身を縮めたが、もうそこまで来ていた。

「おーい、きみ！　まずいって思ってんだろ。でも逃さないから！」

シスは二本の強い腕につかまれ、喜びを抑えきれない男の子に力いっぱい抱きしめられた。

「やっぱり思った通りだ、ぼくがきみを見つけた——そんな気がしてたんだ！」

シスはその意味を理解した。

「でも、私じゃないって、それ！」

男の子は笑った。

「うそばっかり。でも、いいかげんにしろよな」

「私じゃないって言ってるでしょ！　私もウンを探してるの、みんなと一緒に」

「きみ、ウンじゃないの？」見知らぬ男の子はそう言うと、意気消沈した。

だったらどれほどよかったことか。しかし、告げるしかなかった。

「私、シス」

男の子がシスをつかむ手をあまりにも急に放したので、シスは木に当たり、打ってしまった。男の子が怒って言う。

「ここでそんな冗談、やめろよな！　だれだって、きみだと思うじゃないか」

「私もみんなと一緒に来なきゃいけなかったの。ウンのことを知ってるから。私、あの子と知り合いなの」

「そうなのか」男の子は少し穏やかに言った。

シスも男の子に対して怒ってはいなかった。

「怪我した？」

「ううん、ちっとも」

「ごめん、そんなつもりじゃなかったんだけど——悪かったね」

不幸のなかの小さな喜び。

「でも、こんなふうに人をからかってちゃだめだよ。ぼくらが探している子と同じくらいなんだから。遊びでやってんじゃないんだ。すぐ家に帰れよ」男の子はまた怖い顔になってきた。

シスは頑なだった。子ども扱いして、邪険にしないでほしい。シスはとっさに言った。

「ウンのことを知ってるの、私だけなんだから。昨日の夜、一緒だったんだよ」

男の子はこれを聞いてびっくりしただろうか。答えはノー。彼は渋々といった様子で真っ向から訊ねた。

「じゃあ、なにか知ってるのか？」

シスは男の子を見た。ふたりのあいだには電灯がひとつあるだけで、互いの目がよく見える。男の子はその丸い目を伏せると去っていった。


思わず口にしたことばをシスは後悔した。ここの雰囲気はぴりぴりしている。すぐにシスは自分の紡いだ糸に絡め取られてしまった。同い歳の女の子、シスがなにか知っているらしいという話が野火のように広まったのだ。

一分一秒を争う事態だ。間もなくシスは腕を引っ張られた。今回は優しい丸い目の見知らぬ少年ではなく、顔見知りの男性だが、石のように硬い表情だった。硬くて、今夜は怯えたような顔をしている。いつもはそんな人ではない。

「そこにいたのか、シス。一緒に来てくれ」

シスは呆然としていた。

「どこに行くの？」

「家に帰った方がいい。こんなふうに辺りをうろついてちゃだめだ。でもその前に、用があるんだ」そう言ってシスを震えさせた。

手を硬くつかまれているので、シスは付いていくしかなかった。

「お父さんがいいって言ったもん。それに私、疲れてないし」シスは頑として言った。

「いいから、おいで。わしら、きみに少し聞きたいことがあるんだ」

いや！　シスは思った。

ほかのふたりのところまで来ると、男の人はその手を放した。三人とも見知った近所の人だ。シスは状況が飲み込めた。

「お父さん、どこ？」シスは強がって言った。

「ああ、お父さんならそう遠くないところにいるだろうよ。でもよく聞くんだ、シス。きみはウンのことをなにか知ってるって言ったんだよな。昨日の夜、ウンと一緒にいたって？」

「そう。しばらくウンの家にいた」

「ウンはなんの話をしたんだ？」

「いや、その――」

「きみはウンのなにを知ってるんだい？」

懐中電灯の明かりのなかで、二組の目がシスを厳しく見つめる。ごく普通の、人のよいご近所さんだ。その人たちがいまは怯え、石のように硬くなっている。

シスは答えなかった。

「答えるんだ。ウンの生命に関わることだぞ」

シスはびっくりした。

「いや！」

「きみはウンのことでなにか知ってるって言ったんじゃないのか？」

「ウンは言わなかった！　このことについてはなんにも言わなかった」

「このことって？」

「ウンがどこかに行くつもりだってこと」

「捜索に役に立ちそうなこと、ウンがなにか言ったかもしれない」

「ううん、そんなことない」

「ウンはきみになんて言ったんだ？」

「なにも」

「これが深刻な状況だってこと、わかってるのかい？　意地悪で訊ねてるんじゃない。ウンを見つけたくて訊いてるんだ。きみは言ったんだろ——」

「言ってみただけだよ！」

「本当にそうかな。なにか知ってるって顔だぞ。ウンはいったい、なんて言った？」

「それは言えない」

「なぜ？」

「だって、そんな話じゃなかったからだよ。ウンはそんなこと言わなかった！　ウンはどこかに隠れるつもりだなんて、ひと言も言わなかった」

「まあ、それはそうかもしれないけど、でもやっぱり――」

シスは大声を上げた。

「放っておいて！」

男たちはびくっとして急に黙った。シスがこんなふうに声を荒げるのは、あまりにも危険な徴候に思われた。

「もう、家にお帰り、シス。へとへとだろ。お母さんも家で待っているし」

「まだ疲れてない！　一緒に探していいって言われたもん！　絶対、帰らない！」

「なんだって？」

「絶対に」

「無駄にする時間はないんだ。なにも話してくれないのは残念だよ。捜索の役に立ったろうにな」

そんなことない、とシスは思った。男の人たちはシスを残していった。

頭が空っぽになり、変な気がした。ひとり戻されたとしても、帰り道に問題はない。でも最後まで一緒に探すのだ。シスは引き続き、明かりの近くに寄ったり、姿を隠してくれる暗闇に入っていったりしながら、ふらふら歩き回った。そしてまた呼び止められた。別の人だ。その男の人は、子どもがそこにいることに驚かなかった。そんなことにこだわっていなかった。

「いたいた、シスだね。ちょっと訊くけど、ウンは滝に行って氷を見たがっていたと思うかい？」

「知らない」

「遠足で氷を見にいく予定はあった？」

「うん、あった」

「ウンはひとりで滝に行きたいと話してなかったかな？　ウンはいつもひとりで行

動してたんだよね？」

「なにも言わなかった！」

この会話はそれほど威圧的なものではなく、男の人はとても気を遣ってくれたが、シスはもう限界だった。これ以上耐えられない。激しい雪のなか、シスは悔しさのあまり、楯突くようにわめき出した。

「ありゃー、そんなつもりじゃなかったんだけどな」男の人が言った。

「そこに、行くの？」シスは詰まりながら言った。

「ああ、行かなきゃ、すぐにでもね。学校で遠足の話が出ていたんだから」男の人が言う。「ウンがそこに行こうと思い付いて、道に迷ったってこともありうる。湖から川に出るところまで行って、そこから川沿いを歩くことになる」

「うん、だったら――」

「ごくろうさん、シス。もう家に帰った方がいいんじゃないかい？」

「帰らない。一緒に川に行く！」

「だめだよ。でも、お父さんと話してごらん。あっちの方にいると思うよ」

父親はすぐそこにいた。ほかの人たちと同じくらい一生懸命で、厳しい顔付きをしている。

「一緒に行く。お父さん、行ってもいいって言ったよね」

「これ以上はだめだ」

「私だってみんなと同じくらい元気に歩けるよ！」シスは大勢のなかで声を上げた。

捜索に忙しい、張り詰めた一団のなか、シスは自分の身体も張り詰めるのを感じた。

「大丈夫だろうよ」熱く懸命なシスを気に入っただれかが言った。

父親にはもう止められなかった——この瞬間のシスの様子を見ても。

「わかったよ。なんとかなるだろう。どこかに寄って、家で待っているお母さんに電話をかけよう」

大きな一団が夜の暗闇のなかを川へと向かった。川に流れ出るところへと湖畔をたどる。捜索隊は歩きながら広がりつつも、密に連絡を取り合っていた。もうそれほどひどくは降っていないが、常に顔に降りかかる。すでに深く積もり、歩みが重くなるほどだった。しかしシスは疲れを感じず、新たな勇気に満ちていた。

ほとんど全員が懐中電灯を手にしていた。さまよえる巨大な光の塊が川までの道々、丘や突端で揺れ、輝いていた。神秘的な光景で、その集団のなかを歩いていくのもまた夢心地だった。シスは新たな勇気に満ちていた。

湖はまるで白い雪原のようで、夜のなかへと消えていく。氷は岩のように頑丈だ――ここでなにか起きたはずがない。ウンがこの荒涼とした氷の上を遠くまで歩いていったとは考えられなかった。

みんなが雪をかき分け歩いていく。同行を認められたシスは、父親のそばから離れなかった。

川に流れ出るところまで来た。氷を離れ、音もなくその先へと静かに滑り出す黒い水を照らす。男たちはその黒い水面《みなも》をじっと見つめていた。ぞっとする。素晴らしさは目に入らない。ずっと下の方では滝が流れ落ちていたが、捜索隊のなか、ここまでその音は届かない。

水の流れは重々しく、静かに進んでいく。一団は川の両側に分かれた。

また雪が強くなり、電灯のガラスに吹き付けては溶け、明かりは当てにならず、とにかくうっとうしい。若い男の子が捜索隊にいた。緊張気味で、この状態にあまりにも気持ちが高ぶっていたのだろう。歯をむき出しにし、邪魔な雪に噛み付いていた。

「もう降るな!」

そのとき、雪がやんだ。まるでかごに入れた雪が尽きたかのように、突然やんだ。男の子はびくっと身を引いた。ぞっとする。だれにも見られていないか素早く見回す。だれも見ていなかった。

落ちてくる雪がなくなると、視界が広がった――捜索隊は初めて、この夜の大きさと静けさに気が付いた。

音もなく氷を離れていく水の流れのそばに、シスは立っていた。この川の流れには、なにをも飲み込み、隠してしまう力がある。そのことは考えるまい。

人々は川下に向かって両岸の水辺を、そして丘方向にも広がって歩き始めた。傾斜になり、川が話し出す。

急げ。みんなは倒木と石を急ぎ足で越えていく。しかし、よく目を凝らしながらでなくてはならない。

落ち着きなく飛び跳ねる電灯の群れは川を挟んでともに動く——氷のボビンレースが縁をきらきら輝かせていた。黒い川では電灯の光も遠くまでは届かない。川の中程は深い未知の世界であった。ずっと川下で滝がかすかに音を立てているのが聞こえる。

川の両岸にはなにも見当たらなかった。

見つかりっこないことは、私たちにはすでにわかっている。しかし、捜索とはこういうものなのだ。

最初に下まで降りた人が叫び声を上げた。

「おーい、来てみろ！」

そのとき、全員に見えた。シスにも見えた。ここにいる人はだれひとり、この秋、話題になっていた滝まで遊びに来るような暇はなかった。その上、氷の城が急激に大きくなったのもつい最近である。寒さのなか、水はみずから氷の城を築き上げ、その勢いも増していた。男たちは滝の上から電灯を伸ばし、その光景に打たれた。

シスは、その男たちと氷の城と夜と、そして電灯の群れを眺めた――この旅のことを、決して忘れることはないだろう。

捜索隊の一団は凍った滝の両脇から降りていった。そして分厚い氷の上を這い、氷の曲面をくまなく照らした。

ちらちら動く光のなか、氷の城は二倍も大きく見えた。この氷の滝は、水が地面から高くてっぺんに向かって凍り、造り上げたものだ。男たちは、なめらかできらめく氷の壁をあらゆる角度から照らした。壁は硬く、閉じていて、付着できない雪が滝の足元にたまっていた。一方、滝の上ではとんがり屋根や丸屋根の氷の隙間を雪が覆っていた。滝を照らす明かりは揺れながら、わずか上にしか届かない――もっと上の方では暗闇のなか、氷の壁がぼんやりとした灰色に浮かび上がっている。なかの奥深いところでは、威嚇する動物のように、みずからを閉じ込めた川が重い音を轟かせていた。

氷の城は寝静まっているかのように暗い。奥からは一筋の光も射さず、電灯の明かりもなかまでは届かない。城のなかの数々の広間がどうなっているのか、だれにも見えなかった。それでも捜索隊の人たちは魔法の城の虜になっていた。

水は城の奥で重い音を立て、岩底に叩きつけられて泡となり、あぶくとしぶきに変わると、辺りの塔や壁をすり抜け、そして集まり、また力強い川の流れとなって先を急ぐ。ぴったりと闇に包み込まれたような真夜中、この川がどこまで行くのかは知りようもない。

城と川と壮大さ、それ以外はなにもない。

氷の城は閉ざされていた。

シスは見回した。みんな打ちのめされている？　いや、そんなことはない。ここでなにが見つかると思っていたかによる。なにごとも、そういうものだ。

男の人たちは立ち尽くしていた。

いったいなに、これ？

いまではシスのことを気にかける者はなく、父親のあとを追うに任せていた。シスの方を向いてなにか訊いてくることもなく、捜索隊はひたすら探し続けていた。だれかが自分たちよりもこの氷の塊の奥に入れたはずがない。男たちはそれぞれの場所から、丸い氷に積もった雪の上で互いの姿を見つけ、瀑声のなか大声で意見を交わしていた。

叫び声が聞こえた。

「待て、入口があるぞ！」

みんなは急いだ。緑色の壁に、ほとんど隠れてしまっている入口があった。一番細い人がふたり、肩から身を押し込む。後ろ手の電灯は宙を照らしていた。

なかにはなにもなかった。あったのは、外よりもずっと冷たい、骨の髄まで染み入るような冷気だけ。いまは外の方が暖かい。氷の小部屋がひとつあるだけで、それ以上なにも見当たらない。この間《かん》、重低音が絶えずひたすら響いていた。

重い音のする部屋で、〈ここにはなにもない！〉と叫び合う。もう一度辺りを照らすと、人の手よりも狭い隙間があり、そこを水がちょろちょろと流れていた。

なにもない。

なかにいた人たちは狭い穴を通って、ほかのみんなのいるところに出てきた。

「なにもなかった」

「ああ、そうか――」

男の人たちは、空に向かってそびえ立つ荒々しい氷の建造物をやるせなく見上げた。

今夜は真剣な様子の人たちだ。なんとなく取りまとめ役になった人が言った。

「こりゃ、一筋縄ではいかねぇな」

どこまで捜索するつもりなのか、みんなにはわからなかった。自分たちには測りかねるものがある、とそれぞれ感じているのだろう。シスは父親を見た。父親は人を仕切ろうとする素振りをまったく見せず、ただほかの人のあとを付いてきていた。

捜索隊のひとりがふと、疲れたシスのところに歩いてきた。そう、シスは少しばかり疲れていた。いや、徐々に疲労もたまっていたが——あまりにも気が張っていて、気が付かなかった。怯えた様子でその人を見ると、また質問されるのだと悟った。

「ウンはここに来ることについて、なにか言っていたかい？」

「いいえ」

シスの父親が一歩出て、尖った声で言った。

「もうやめてくれ！　これ以上シスを追い詰めないでくれ」

まとめ役の男も来て、訊ねた男をすぐに止めた。

「シスは、知っていることはもう話した」

「その通りだ」シスの父親が言った。

「すまない」質問した人はそう言って、身を引いた。「そんなつもりは、まったくなかったんだ」

シスは厳格な男性ふたりを感謝して見つめた。まとめ役は言った。

「もう一度、全体を見て回ろう。ウンが滑り込んでしまいそうな氷の隙間があちこちにある――もしここに来て、登ろうとしたのなら」

反対する者はない。捜索をふたたび開始した。見慣れぬ氷の城には惹きつけるような大きな力があった。捜索隊の男たちはこの光景に飲み込まれ、そこに身を委ねたくなるような精神状態まで来ていた。

もう一度、見て回る。

シスは、滝の麓に立って、氷の城に生命が吹き込まれるのを見た。捜索隊は全方向からまた氷の城に向かって歩いていく。懐中電灯がでこぼこやとんがり屋根、ボビンレースの隙間を照らした。ただの城ではなく、にぎやかな光の饗宴を催す城のようにも見えた。城のなかからではなく、外から照らすばかりの光ではあったが。

シスはすっかり心を開いてこの夜の風景を受け止めていた。ここにいることで気持ちは高揚しながらも、ウンのことを思うと、芯まで震えがきた。だれも見ていないとき、シスはほんの少し泣いてしまったが、それも仕方がなかった。

なにがあっても耐える、とシスは思った。捜索隊はここから戻るつもりはなかった。城のあとは川沿いを川下へと、氷の張った、また別の湖に流れていくところまで行こうとしていた。それほど遠くない。この滝はふたつの大きな湖の真んなか辺りに位置している。

捜索が続く。彼らには光と生命があった。ここは初めて見る砦、まるで死の城塞。棒で壁を叩くと、石のように硬い。叩いた棒は跳ね返り、腕がしびれる。壁は閉じたままだ。それでもみんなは壁を叩き続けた。

3　城を発つ

男たちは先を行こうとしない。なにかを待っている。

なにかに囚われている。

氷の建造物が頭上に途方もなくそびえ立ち、圧倒的な力を漂わせる。暗闇と冬めいた風のなか、その頂上は見えない。永久にその場にあり続ける覚悟ができているかのようだ――しかしその時間は戸惑うほど短く、雪解け水がやって来るある日、崩れゆく運命にある。

この夜、城は男たちを放さない。男たちは捜索に許される以上の時間、そこにいた。

自分たちでは気付いていないのかもしれない。疲れ切っているのに、終わらせることができない。終わらせてよいのか、悪いのか、その判断さえもできなくなっている。氷の城はみずからを閉ざしたまま、息を吹き返した。

男たち自身が氷の城に生命を貸したのだ。死んだ氷の塊に、そして真夜中を過ぎた沈黙の時間に、彼らは光と生命を与えた。捜索隊がやって来る前、滝は聞き手もなく、ひたすら思うままに音を立てていた。氷の巨像はすでに完成した無口な死の城にすぎなかった。捜索隊は、変化をもたらしたのが自分たちであることに気付いていない。そこにあったものと、そこにやってきたものとが織りなすショーにすっかり囚われてしまっていた。

それだけではなかった。

ここにはなにか秘密がある。男たちはそれぞれが抱えているに違いない悲しみを取り出し、この夜、展開される、死の気配と光の共演にそれを投影した。どこか気が楽になった男たちは、愚かにも魅了されるがままだった。捜索隊が氷の上をあちこちに広がるなか、懐中電灯の明かりは交差し、ひびや氷のプリズムから漏れる光とひとつになり——見えていなかった角が照らされたかと思えば、次の瞬間、永遠に闇のなかに閉ざされる。震えが来るほど、これには身に覚えがある。ここは危険だ。でもここにいたい。この光景の一部でありたい。だが入口があっても、それは幻にすぎない。ここを離れなければならないことはわかっている。ただ、それは男たちの望むことではなかった。

氷の宮殿で男たちは我を忘れてしまっていた。なにかに心を支配されていると言えばよいだろうか。消えてしまった、かけがえのないものを熱に浮かされたように探しているあいだ、みずからも取り込まれてしまっていた。疲れ果てた真剣な男たちは、魅せられて力を奪われたかのように口にした。「ここだ！」男たちは張りつめた顔つきで氷の壁の前に立っていた。閉ざされた魅惑の城の前で声をひとつにして嘆き、吼えそうになっていた。——だれかが本能のままに口火を切っていたとしたら、全員が声を揃えたことだろう。

若い少女シスは口をあんぐりとさせ、男たちを見、なにかが起こっているのを感じ取る。みんないまにも声を上げそうだ。父親もだ。父親もともに声を揃えるだろう。そしてシスはそこで凍えながら耳を澄ませ、嘆きの雄叫びに氷の壁が粉々に割れるのを待っていたことだろう。シスは、そんな大人の男たちの姿に衝撃を受けていた。
でもそれほど本能的な者はいない。だから、悲哀の歌は始まらない。男たちは生真面目な捜索者。心のなかの秘密の部屋を閉ざし、だれにも支配させなかった。

まとめ役の男が言う。「もう一度、見て回ろう」彼も葛藤し、いまになにをし出すかわからなかった。時間が重要だということは、みんなわかっている。男たちは苦労して、滑る氷と雪に覆われた屋根の上を動いていた。なにも見えない。底を隠す水は氷の城を離れ、滑るように先へと流れていく。捜索隊も先に進まなければならない。まとめ役が言う。「もう、先を行かないと」彼も、悲しみの歌に声を合わせる寸前だった。

4 熱

ウンが戸口に立って、なかを見ている。

でも、ウンはいないんじゃなかった?

ううん。ウンは戸口に立って、なかを見ている。

「シス?」

「ウン、入って――」

頷いて、なかへと入ってきた。

「どうしたの、シス?」違う声が訊ねる。

姿が変わり、ウンとは別人になる。母親だった。

自分の部屋のベッドに寝ているのは確かだが、それ以外のことはぼんやりしている。ウンを見た。けれども、母親だった。ぼーっとする。

「具合が悪いのよ、シス。熱があるの」

母親が抑えた口調で言った。

「夜中の森の捜索は、あなたには大変すぎたのね。具合悪そうに帰ってきたのよ」

「でも、じゃあ、ウンは？」

「まだ見つかってないそうよ。捜索隊がいまも探してる。あなただけ、今朝早くに調子を崩して帰ってきたの」

「一晩中、一緒に探してたんだから！」

「そうね。でも、もう限界だったのよ」

「滝の大きな氷のところに行ったし、川にも行った――けど、そのあとのことは覚えてない」

「ええ、お父さんがあなたを連れて帰ってきたときも、朦朧としてた。なんとか自分の足で歩いてはいたけどね。それからお医者さんが来て、そして――」

シスが遮った。

「いま、何時？　夜？」

「そう。もう夜よ」

「じゃあ、お父さんは？　どこにいるの？」

「捜索隊の人たちと出かけてるわ」

〈じゃあ、やっぱりお父さんは私よりも強いってことだ〉シスはそれがうれしかった。

母親が続ける。

「今日はクラスのみんなも探してたの。休校になったから」

奇妙に聞こえた。休校。学校がお休み。シスは横になったまま、頭のなかであれこれ考えた。

「戸口のところに立っていた人、ウンにそっくりだった。そんな遠くに行ってるはずない」

「さあ、どうかしら。戸口にはだれもいなかったわ。今日は夢をたくさん見たみたい。うわ言ばかり言ってたから」

え？　シスは突然、まるで丸裸にされた気がして、掛け布団を引き上げた。

「うそばっかり！」

なにかを被せて、話をそらさなければならなかった。

「ウンは死んでない！」

母親が冷静に答えた。

「そうね、きっとそんなことないよね、すぐに見つかる。もう見つかってるかもしれない」

注意深く、シスを試すように見た。

「それにもし、あなたがなにか――」

シスはすぐさま眠るふりをする。

しばらく経ってから、シスは本当に眠りに落ちた。

ふたたび目を覚ましたとき、熱はずいぶんましになった気がした。本来この部屋にあるものしか、見えなかったから。少し身体を動かした——ベッドをちょっときしませただけで、母親が入ってきた。

「よく寝てたわね。ずいぶん夜も更けたわよ。ぐっすり静かに眠ってたの」

「もう遅いの？　お父さんはどこ？」

「探しに出かけてるわ」

「なにもないの？」

「ええ。なにも見つかっていない。捜索の決め手になるものがなにもないの。ウンのおばさんはなにも知らないし、捜索隊の人たちは行き詰まってるわ、シス」

まただ。シスを壊そうとするものがやって来て、シスをつかまえた。シスは逃れることができず、立ち向かう力もない。助けとなりそうなものはなにも思い付かない！

「眠っているあいだに、お父さんが帰ってきたのよ。あなたになにか訊きたいことがあるって。でもよく寝ていたから、起こす気になれなくて。とても大事なことだって、お父さんが言ってたわ」

シスがどれほど限界に近づいているか、母親にはわかっていなかった。

「シス、聞こえてる？」

もう寝たふりは通じない。うわ言でなにを言ったんだろう！　なにか言ってしまったんだろうか？

「シス、ウンとあなたが実際になにを話していたのか、思い出せるか、試してみて。あなたになんて言ったのか」

シスは横になったまま、シーツをぎゅっと握りしめ、なにか馴染みのないものが近づいてくるのを感じていた。母親が続けて言う。

「お父さん、それが聞きたかったらしいの。お父さんだけじゃなくって、捜索に出ている人みんな、あなたがなにか手がかりをもっていないか、知る必要があるの」

「なにもないって言ったでしょ!」

「でも、確かなの、シス? 熱に浮かされているとき、いろいろうわ言が聞こえてきたの。不思議なこと、言ってたわよ」

シスは怯えて母親を見つめた。

「ねぇ、言ってちょうだい。いま無理強いするのはお母さんもいやなんだけど、でも大事なことなの。こんなことをするのは、なにもかもウンのためなんだから」

シスは、馴染みのないものがすぐそこにいて、シスをぎゅっとつかむのを感じた。

「だれにもなんにも言えないって言ったら、言えないの!」

「シス――」

馴染みなく、不快に聞こえる。その瞬間、シスに暗闇が迫ってきた。

シスが叫んだ。母親がとっさに身を寄せる。

「ウンはなにも言わなかったもん!」

そして真っ暗になった。
母親はびっくりし、シスを揺さぶった。シスはベッドで身をよじり、泣いている。
「シス、あなたになにかしようっていうんじゃないの！
聞いてる？
シス、お母さん知らなかったのよ――」

5　深い雪のなかで

それなら、ウンはどこにいるの？

答えが聞こえた気がした。

〈雪〉

やみくもに、意味もなく降る。

その短い一日、まったくやみくもに雪が降る。もう寒くはないが、雪、雪、雪。そして夜になり、質問が途切れることなく迫ってくる。

〈ウンはどこ？〉

雪、と的外れな答えが返ってくる。すっかり本格的な冬に入っていた。ウンは姿を消したままだ。あちこち捜索したにもかかわらず、なんの手がかりも見つからない。ウンの周りだけが、まるで吹雪のなかにいるかのように、すっぽりと見えなくなっていた。

人々は諦めず、常になんらかの形で捜索が行なわれていた。しかしこの深い雪だまりのなか、森に入って歩き回ったところでなんの収穫もない。違う形で注意しつつ、探していた。

見知らぬ少女ウンが、あっという間にみなの知る者となり、新聞には写真が掲載され、この夏に撮ったウンの問いたげな表情を目にすることになった。

大きな湖は静寂の雪原となり、もう音を立てることもない。もはや湖ではない。川に流れ込む、あの美しい場所では水が丸みを帯びた柔らかな汀を穏やかに流れていく。前のままだが、そこを行く人影はもうない。そこにあるはずの氷の城も、高くなる雪だまりの下にすっかり隠れ、その形を失っていた。深雪のなかをわざわざスキーでそこまで行こうする者もない。

しかし、あそこでのひと晩が、氷の壁を前にしたあの晩が人々の脳裏に焼き付き、ウンに関するある思いを信じ込ませた。

〈ウンはあそこを登り、川に落ちて流されてしまったに違いない〉

みんなはいまも滝の先の淵を探っていた。捜索に使う長い杖が、毎夜、雪の舞うなか、上を指差すかのように氷を付けて外に立っていた。みんなの足がおばさんの家に向かう。ウンにつながる唯一の場所だったひとり暮らしのおばさんのところに、あらゆる線が集まり、交差し、もう涙を流すこともなく、この家からあてどなく続いていく。

「ああ、そうかい。

どうもありがとうよ。仕方がないね」

この世でウンがつながるところだった。

この夏に撮った問いたげな顔のウン、十一歳。写真がおばさん宅の食卓テーブルに置かれていた。

　この日の捜索当番たちからの報告を受ける。疲れた男たちが人のよさそうなおばさんに一日のことを話しているあいだ、杖は外に立てかけてあった。翌朝、外を歩けるほどの明るさになると、別のだれかが立ち寄る。夜通し、雪が降っていた。記録的な大雪の年になりそうだった。

　ウンが生きてどこかにいるという線を当たって、もっと広範囲に捜索していたグループからも、おばさんは報告を受けていた。なにも見つからない。

「そうかい、そうなんだね。ありがとうよ」

　おばさんは、手がかりを求めて無遠慮にやって来る人たちにも対応しなければならなかったが、おばさんにはなんの手がかりもない。人のよさそうな初老の女性だ。ウンの母親とはかなり歳が離れているのだろう。すでに見たことのある写真を、みんなが眺める。

「これは、この夏のウンなんだよね？」

おばさんは頷いた。これには飽き飽きしていた。

最初の瞬間から、〈夏の〉という表現がウンの写真をどこか魅力的なものにしていた。決してそんなことないのに、そんなふうに変わってしまった。ウンの纏う輝くオーラがいったいなんだったのかはわからないが、なにかがそこにあるのは確かだ。夏のウン。みんなは写真をじっくりと見、二度と忘れることはない。

この状況を耐えるしかないおばさんのことも、みんなはじっと見た。強そうには見えない。しかしその穏やかさのなかに、芯の強さが窺えた。

逃れようのない質問がひとつめった。

「ウンってどんな子だったんだい？」

「あの子のことが大好きだったよ」

それしか言わなかった。

おばさんのことばを耳にした人は、この世のなによりも素晴らしい答えだと感じた。

おばさんがこれまで何度も繰り返してきたにもかかわらず、そのことばはまったく色褪せない。これを聞くと、みんな写真をさらによく見るのだった。

「ウンはなにか問いたげだね、まるで」

「そう、だから？」

ああ、もっともだ。

「春の終わりに母親を亡くした子だよ。唯一の家族をね。訊ねたいことがあったっていいだろ」

窓の外では雪が降り、ウンとあらゆるものを消し去っていた。

6　誓い

深い雪のなか、シスからウンへの誓い。

ウンのこと以外、なにも考えないよ。

ウンについて知っていることをすべて思い出して考える。家で、学校で、行きも帰りも、ウンのことを想うから。一日中。そしてもし夜中に目が覚めても、ウンのことを想うから。


ある夜の誓い。

すぐそこにウンがいる気がする。でもなぜか、手を伸ばして触れるのが怖い。

暗闇のなか、ここで寝ている私のことをあなたが見ている気がする。まだなにもかもを覚えてる。明日学校では、ウンとのことだけを考えるって誓うよ。

ウンしかいない。

ウンが帰ってくるまで毎日、そんなふうに過ごすから。

ある冬の朝の神聖な誓い。

外に出るとき、あなたが玄関にいる気がする。ウンはなにを考えてるの？　昨日みたいなことはもうしないって誓うから。深い意味はなかったの！　いまも私には、ウンしかいないんだから。

だれも、ほかにはだれもいないからね。

ウン、お願いだから、このことばを信じて。

シスからウンへの新たな誓い。

ほかにはだれもいない。ウンのいないあいだ、私はこの誓いを絶対に忘れない。

7　ウンを消し去ることはできない

だから、ウンを消し去ることはできない。これは、シスの部屋でできあがっていったこと。この部屋のなかで、かけがえのない誓いが徐々に形を取り始めた。

一週間が経ち、シスはベッドを出られるようになった。雪が窓に降りかかり、眠れない夜が続いた七日間だった。こんなにひどく降っているのは、雪でウンの痕跡をすっかり隠そうとしているからだ――シスにはそうとしか思えない。消し去ろうとしている。ウンは逝ってしまったと断定するかのように。探したってもう無駄だ、と。

それに対して、シスのなかに堅く、妥協のない反発心が生まれた。そして誓いが生まれた。捜索の報告が少なくなっていると聞くたびに、もう希望がないと言われるたびに、さらに新しい誓いが生まれるのだった。

ウンはいなくならない。ウンを失わせはしない。シスは自分の部屋でそう決めた。質問してシスを困らせる人はもういない。だれかが止めてくれていた。おばさんのところに行くのは怖かったが、起きられるようになったらすぐ、訪ねなければならない。最初にすべきことだった。

おばさんがシスに話を聞きに来るかもしれない、と両親も構えていたかもしれない。しかしおばさんは来なかった。姿を一切見せないおばさんに両親は、心底感謝していた。だが起きられるようになれば、シスの方から訪ねるよう話していた。

高熱の夜に見た光輝く姿。消えていないウン。死んでない。あの夜のように、そこに立つウン。

〈やっほー、シス〉って。

ようやくシスは起きられるようになった。明日から学校だが、行きたくない。今日は、ひとりでいるおばさんに会うことになっていた。おばさんに質問されることは避けられない。シスは出かけていった。

明るい冬の日。その朝、母親は、少し気を遣いながら、お母さんも一緒におばさんのところに行こうか、と訊ねてきた。あの家に行くのはいろんな意味で、大変かもしれないからと。母親は娘をそこに送り出すのが心配な様子だった。

「だめ、来ないで」シスは早口で答えた。

「なぜ?」

「だれも一緒に来ちゃだめ」

父親も加わってきた。

「今日はお母さんも一緒の方がよさそうだよ、シス。あれこれしつこく訊かれたときのことを覚えているだろ」

「おばさんもウンのことを訊くだろうし」

「そんなことない」

「きっと訊くわ。あなたとウンのした話をすべて、おばさんは聞きたがる。お母さんと一緒だったら、そこまで質問もされないだろうし」

「だれも一緒に来ちゃだめ」シスはうろたえた様子で言った。

「そう、わかった。したいようになさい」両親はそう言って、娘に付いていくのを諦めた。

母親が一緒に来るのを許すべきとはわかっていた。そしていま、ふたりを傷付けていることも自覚している。しかし、ふたりはわかっていなかった。どうしてもひとりでおばさんのところに行かなければならないということを。

間もなくして、ぽつんと立つおばさんの家に着いた。周りの木は雪の重みで撓《たわ》んでいた。家は無人に見えたが、玄関の段までずっと雪かきがしてあった。だれか男の人がしたに違いない。おばさんにこんなふうに雪をかく力はない。きっとだれかがおばさんのことを気にかけて、代わりに道をつけてあげたのだろう。もしかすると、おばさんはいま、ひとりじゃないかも？　シスは不安に思いながら、入っていった。

おばさんはひとりだった。

「おや、シスなのかい」ドアを開けた瞬間、おばさんが言った。「よく来てくれたね、もう大丈夫なのかい？　川まで捜索に出てくれた晩に具合が悪くなったって聞いたよ」

「もうよくなりました。明日からは学校に行きます」

心配はあっという間に吹き飛んだ。むしろおばさんのところは安心できて、ここにいるのが正しいことのように感じられた。

おばさんが続けた。

「具合が悪くて来ないんだってわかってたよ。来られないんだってね。ここに来る勇気がないからじゃない、いやがっているからじゃないってね。でもお前さんのことを待っていたよ」

シスは答えなかった。

おばさんは少しのあいだ、シスをひとりにしてくれた。そしておばさんもシスの隣に腰を下ろした。

「きっと、ウンのことでなにか訊きたいことがあるんだろうね。なんでもお訊き」

「え？」そこに座って身を硬くし、自分が質問をする側だとは思ってもいなかったシスは言った。

「まずなにから訊きたい？」

「なんにも」

「そんなにも内緒のことなのかい？」おばさんはそう言ったが、シスにはおばさんの言っていることが理解できなかった。

突然、シスが言った。

「早く見つけてくれないかな、もう！」

「あたしも、毎日そう願ってるよ。でもね」

おばさんはもうそうは信じてないの？　おばさんの口調はどこか変だった。

「ウンの部屋を見てみるかい？」

「うん」

おばさんはウンの小さな部屋のドアを開けた。最後に見たときとなにも変わっていない。鏡に椅子、ベッド、本棚のアルバム。全部そこにある。もちろん、あれから長い月日が経ったわけじゃないけれど……

この部屋のなかのものには一切、だれも手を触れてはいけない、とシスは思った。ウンが帰ってくるまでは、このままじゃなければならない。

おばさんが言った。

「椅子にお座り」

この前みたいに、シスは椅子に座る。おばさんがベッドに腰掛けたのが、少し奇妙に感じられた。それから、シスは思わず口にした。

「ウンは、どうしてあんななの？」

「じゃあ、ウンはどこか変かい？」シスの様子に気をかけながら、おばさんが訊ねた。

ふたりは、ウンが生きているふうに聞こえるよう、気を付けている。

シスは拗ねるように言った。

「ウンはいい子だよ」

「そうだね、それに機嫌もよかっただろ。あの日の晩も」

「ずっとご機嫌ってわけでもなかったけど」シスは口を滑らせてしまった。

「この春、ウンの母親が亡くなるまで、あたしゃ、あの子のことをあまり知らなかったんだよ。もちろん、まれに会うことはあったけど、でもよくは知らなかったの。だからシスがウンのことをあまりよく知らないのも当然なんだよ。あんなにも早く母親を失っちゃ、にこにこばかりしてもいられまいて」

「でもほかのこともあったよ」

シスは自分でそう言って驚いた。もう手遅れだ。ここは危険だ。

「おや、そう」おばさんはなんでもないかのように言った。すぐにシスは身を縮めた。

「いや、なにも知らないんだよ。あたしにはそんなことなんにも話さなかったから」

いままた、シスは囚われてしまった――どうしても逃れられない、あのいやな腕のなかに。おばさんはすぐそこまで迫ってきている。シスは焦り、はらはらどきどきしていた。ウンは彼女に、シスに言ったのだ。優しいおばさんに言ったんじゃない。

おばさんは立ってシスの真上から話してきた。

「みんながここに来て質問攻めにするから、あたしゃもう疲れ果てたんだよ、シス。ウンに関すること、なにもかも訊くんだよ。捜索隊の人たち、お前さんにも訊いてきただろ。その必要があったからなんだよ、それは仕方ない」

おばさんは話をやめた。シスは緊張していた。おばさんのところに来たら、こんなことになるってわかっていたはずなのに。用心しなくては。

「あたしまでお前さんに訊ねるのを許しておくれ。でもあたしゃ、ウンのおばで――

ちょっと違う。ご覧のようにね、あたしゃ、ウンのこと、なんにも知らないの。ほかの人が見て知っていること以上にはね。あの子、あたしにゃなんにも話さなかったんだ、ずっとね。あの晩、ウンはお前さんになにか気になることを言ったかい?」

「言ってない!」

おばさんがシスに目をやると、シスは強く見返してきた。おばさんは引き下がった。

「そうだね、もちろんこれ以上のことは知らないさね。初めて遊びに来た日に、そんな長々話したとも思えないしね」

「うん、そうだよ」身を硬くしたシスが言った。

「でも、もしウンが帰ってこなかったら?」シスはそう訊ねながらぎょっとし、自分でも驚いて後悔した。

「そんなこと訊かないでおくれ、シスや」

「うん――」

それでもシスはおばさんからその答えを聞いた。

「あたしだってね、考えたよ、シス。そういうこと。ウンが帰ってこなかったら、この家を売って、ここを出ていくよ。どうしても、ここにはいられない――あの子と暮らしたのはほんの半年だっていうのにね」

それからおばさんは続けた。「やれやれ、この話はよそうかね。ウンはまだ帰ってきてないだけで、いつ帰ってきてもおかしくない。ここのものはなにも触らないよ。安心おし」

おばさんにそれがどうやってわかるというのだろう、とシスは思った。

「もう帰らなきゃ」シスはそわそわして言った。

「ああ、そうおし。よく来てくれたね」

おばさんは、私がなにか知ってると思っている。もうここには来ない。以前の通り穏やかで、人のよさそうなおばさんだった。

シスは家へと急ぐ。訪問を済ませられてよかった。

8　学校

翌朝、シスは校庭に姿を現した。いつものことながら、この時間、まだ明けてはいない。

すぐにみんなが周りに集まってきた。先に来ていた三、四人がシスを取り囲む。シスはみんなから慕われていた。

「来たんだね！」

「もう大丈夫？」

「あの晩、怖かった？」

「ウンがさ――変だよね！――まだ見つからないなんてね！」

シスは上の空で相槌を打つ。みんなはそんなシスにちょっと目をやり、そっとしておいた。

さらに生徒が登校してきて、すぐにシスの周りには人だかりができた。女の子だけでなく、男の子も集まっていた。みんなだいたい同じくらいの年齢だ。大騒ぎしながら、シスの言うことに喜んで従いそうな子たち。この新しい朝の再会にみんな目を輝かせているのがシスにもわかった。心が慰められたが、シスはかたときもあの神聖な誓いを忘れてはいなかった。まさにこの場で自分が試されている。

「私たちも探したんだよ」数人がシスに誇らしげに言った。

「知ってる」

ウンのことがあって以来、スリルと衝撃の毎日だった——暗い影のように、ウンがその中心にいた。しかし捜索に参加していないみんなにとっては、もうすべてがそれほど深刻なものではなくなっていた——それに、シスもう戻ってきていて、見た目はほとんど前と変わらない。みんなが喜んでいる。とくに仲よくしていたわけではない子たちも、シスを気にかけ、にこにこしている。シスにはすべてちゃんと見えていた——でもあの誓いをしたものだから、このみんなとは距離を置かなければならない。一緒にやってきた楽しいことか次々と思い出され、誓いとそんな想いが胸を詰まらせた。

緊迫してきた。この仲良しグループにとってではない。シスに突然、耐え難い圧力がかかってきたのだ。

遠慮のない子がひとり、みんなの訊きたがっている質問をぶつける。

「なんだったの?」

シスはナイフでも突き付けられたかのようにびくっと身を硬くしたが、その子に口をつぐませるには遅すぎた。

「ウンからなにか聞いたんでしょ、あんた——」

このときだれかが鋭い声を上げた。

「しーっ!」

でも遅すぎた。質問は放たれたのだ。限界まできていたシスだったが、またしても一撃を喰らわされた！――無意識のうちに、シスは周りの子たちに飛びかかった。もともと元気で、みんながびっくりするくらい運動神経のよいシスだ。飛びかかると、荒々しく叫んだ。

「もういや！」

そして目の前の雪の山に転がって唸り声を上げた。

輪になっていた子たちは当惑して立ち尽くした。こんなこと、予想もしていなかった。みんなの知っているシスとはあまりにも違う。シスは突っ伏したまま唸っている。しまいには男の子がひとり、雪の付いたブーツでシスをつついた。ほかの子たちは互いを見て、天を仰いでいる。空は雲が厚く、今日もまた光を通さず、まるで〈うぉー！〉と言って怖がらせているみたいだ。

しかし男の子はそんなことはしない。

「シス」とても親しげに男の子はそう言うと、ブーツでシスを少し押した。

シスは男の子を見上げた。

〈この子が？〉

これまでその子はいつも後ろの方にいた。目立たず、いつもその辺にいるだけの子だった。

シスは起き上がった。だれもなにも言わない。でもみんなはシスの背中に付いた雪をさっと払い落とした。運よく、そこに先生がやって来て、いつも通りの学校の一日が始まった。

みんなが着席すると、先生は親しげにシスに向かって頷いた。あの質問を先生は絶対にしないということが、シスにはわかった。

「よくなったんだね、シス？」

「はい」

「それはよかった」

これで十分だった。同時に空気が軽くなった。シスは、自分のことをブーツでそっとつついた男の子のことも考えた。席に着いたその子のうなじが見える。シスは感謝していた。思っていたよりもこの朝はずっと楽だった。痛々しい幕開けのわりには楽だった。シスはそんなにも過敏になっていた。

シスはウンの席が空いているのを素早く確認する。よし、まだだれもウンの席に移っていない。机の並び方からして、だれかがそこに移った方が合理的だったにもかかわらず。

この日はそのあと、そっとしておいてもらえた。壁際にひとりで立ち、これまでのところ、ほかのみんなもそんなシスを受け入れていた。あの朝のあとでは、みんなもまだ少し恥じていたのだろう。ウンや捜索について騒がしくおしゃべりすることもなかった。もうこの話には飽きた様子だ。ちょうどシスが登校してきたとき、盛り上がったただけだった。そもそもウンはほとんどみんなと一緒にいることなく、近寄りがたい雰囲気を漂わせ、いつもひとり離れて立つばかりだった。

シスは自分も、ウンのやっていたように壁際に立っていることにふと気付いた。一方、少し離れたところでは、みんなが騒いだりして、いつもの調子だった。そのなかで女の子がひとり、この短期間のあいだに主導役を引き継いだらしい。

でも私はここを離れない。そう誓ったんだもん。

そのまま時間は過ぎていった。

これから先のことは考えていなかった。このまま時間が過ぎていくということを。こんなふうに立っているのは少し奇妙で慣れない感じがする。だが今日のところは、とにかくこうしていられて、気が楽だった。

日々は元に戻り、あっという間に過ぎていった。いつも通りのクリスマスになった。いや、シスに関して言えばいつも通りではない。シスは家にこもり、友だちはだれも呼ばなかった。みんなはシスのしたいようにさせてくれた。シスがどれほど張り詰めた状態にいるか、少しずつみんなにもわかってきていた。外では雪がどんどん積もっていた。

雪はますます積もり、ウンは姿を現さない。

捜索はどこかで行なわれている——しかしこの近くを探す姿はもう目にしなくなっていた。だれもが毎日、このことばかり考えているわけでもない。雪はこんこんと降り続け、辺りを覆い尽くしていた。外も、人々の心のなかまでも。

クリスマスの祝日、独り身のおばさんはどこの家にも訪ねていかなかったが、おばさんを気遣って訪問する人はきっといただろう。しかしシスにはできなかった。

おばさんが家を売ってここを出ていくという話を聞くのを、シスは恐れながら待っていた。おばさんが家を売るのは、望みをすべて諦めたときだ。

おばさんはまだあの家にいる。

シスは母親のところに行って、訊ねたかった。〈お母さんも、もうウンのことは考えないの?〉

まるでみんながウンを忘れてしまったみたいだった。ウンの名前を口にする者はもういなかった。母親に打ち明けこそしなかったが、シスはひとり孤独に感じ、抱えた重荷にいまにも押し潰されそうだった。氷の城でのあの夜のことをよく考えた。男の人たちはあそこを現場だと決め付けているかのようだった。春先、スキーで行ける状態になったら、あそこまで行ってみよう。

結局、シスは母親のところへ行き、面と向かってではなかったが、嘆きをぶちまけた。

「みんな、もうウンのこと、考えてない」

「だれが考えてないって?」

「みんな!」そんなこと言うつもりはなかったのに、シスは言ってしまった。かっとなって、口から出たのだ。

母親はとても穏やかに答えた。

「それはわからないわよ、シス」

シスは黙った。

「それにだれもウンのことを知らなかったでしょ。ひどい話だけど、でもそのせいなのよ。みんなそれぞれに忙しいの。わかるでしょ」

母親はシスを見て、続けた。

「ウンを想い続けるのは、シスだけができることなの」

まるでそれが大きな贈り物であるかのように。

9　贈り物

夜が来た――これはなに？
贈り物だ。
よくわからない。
いまは夜。私への大きな贈り物。
なにかよくわからないものを、私はもらった。意味がわからない。どこに行っても、
贈り物は私を見つめている。
そこで待っている。

いま雪はやんでいて、外は見晴らしもいい。大雪が足跡をすっかり消し、身を隠せる場所は、ひとつ残らず雪で埋まってしまった。満天の大きな星が雪を照らしているなか、贈り物は外で私を待っている。ううん、なかに入ってきて、私のそばで腰を下ろしているのかもしれない。

確かに、贈り物は受け取ったけど——

風は吹いていない。嵐でも来れば、雪が舞い上がっただろう。丘では唸り声を上げたはず——でも私への贈り物は家のなか。私宛ての贈り物で、私を待っている。

家は静かだ。格子窓の屋根裏までしんとしている。贈り物はいま、その窓越しに外を見ているのだろう——私が気付くのを待ちながら。

私の行く先々にいる。確かに大きな贈り物だ。すごい！

これまでずっと恐れていたのがばかみたい。道の両側にはなにもいないのに。雪解けの風とともに、ウンはきっと姿を現す。

風を百万回待たなければならないとしても、いずれウンは帰ってくる！　私にはわかる。ほかのことは考えたくない。私への大きな贈り物。

10　鳥

鉄の鉤爪をもった野鳥が、ふたつの山頂のあいだに斜めの筋を入れるように飛んでいた。ものすごいスピードだ。どこかに留まることなく、また上昇し、空を切り裂き続ける。休みない飛行にはっきりとした目的はない。

下には冬の景色が広がっていた。鳥の飛ぶその地は荒涼としている。鳥は眼下の景色を細く切り裂く。冷気のなか、まるでその眼からは見えないガラス破片と稲妻が出ているかのようで、なにもその眼から身を隠すことはできなかった。

その鳥は空の主――だから辺りにはほかの生き物の気配はない。広げた鉤爪は氷の冷たさ。飛行中、趾《あしゆび》のあいだを抜ける冷たい風が吼える。

鳥は荒野を細い線や螺旋に切り裂く死そのものだった。茂みや木々のあいだに生き物がいれば、鳥の眼がぎらりと光り、斜めにまっすぐ下降していく。そしてまた、命がひとつ消えていく。

鳥は唯一無二の存在だった。

大きな荒野を行くのは毎日のこと。鳥は常に飛んでいる。そしてけっして疲れることはない。

この鳥に負けはなかった。

すさまじい雪嵐が抜けたあとの荒野。ところによっては、雪が完全に吹き飛ばされている。たったの一日も寒さの緩む日がなかったため、積もった雪はさらさらだ。風で大きな雪の山脈ができていた。その後、冷たい太陽が上がり、晴天が続いた。ずっと上の高みから、鋭い鳥の眼《まなこ》がこの変わりようを見ていた。

空から見る氷の城。この日、城に積もった雪は吹き飛ばされ、本来の姿を現していた。鳥もその変化に気付き、じろりと下に視線をやる。鋭い眼光とともに、身体が下に向く。降下中、身体を曲げて、急停止するために向きを変えると、氷の壁に触《ふ》れるか触れないかのところを飛んだ。そのあとは、目もくらむような高さまで上昇し、天に付いた小さな黒い点となる。

次の瞬間、鳥はまた下降し、寸分たがわぬ場所に新たな直線を引く。鳥は自由だ。なにものも、この鳥のしたいことを妨げられはしない。なにものも強いることはできない。身を委ねたとしても、それはみずからの意思によるものだ。

なのに、鳥はこの場から飛び去ることができない。どこかに留まることもできない。休むこともできず——ただ疾風《はやて》のごとく、氷の壁の前を直線飛行するだけだ。次の瞬間、地平線の彼方に飛んでいくか、螺旋を描いて上昇するか。そしてまた瞬時に、氷の壁の同じところを横切る。鉄の鉤爪と風を操る鳥は、かつての完全なる自由を失くしていた。もうこの場所に強く囚われている。

鳥は自由ゆえに囚われていた。やめることができない。目にしたものに困惑していた。

このままでは己の眼光に身を切り裂き、いずれ死んでしまう——まるで目に見えない硬いガラスの筋。空気をも粉砕する。鳥は破滅の一途をたどっていた。

11　空いた席

学校と冬はいつも通りに過ぎていった。休み時間、シスは壁際に立つ。ほかのみんなももうそんなシスに慣れていた。日は流れ、なんの代わり映えもしなかった。大掛かりな捜索は中止されていた。

シスは誓いに従って、壁際に立っている。グループには新しい主導役の女の子が生まれていた。

そんな冬の朝、見知らぬ少女が教室に入ってきた。みんなと同じくらいの歳で、このクラスに転校してきたらしい。両親の都合で数日前、ここに越してきたのだった。

教室に緊張が走った。ぴくっとシスは敏感にそれを察知し、みんながまだ忘れていないことを知った。ウンのいない、空いた席が注目の的になった。事情を知らない少女は、辺りを見回す。ほかのみんなは自分の席に向かう。

少女は教室の真ん中に空いた席があるのを見て、数歩、歩き出した。立ち止まって、みんなのなかで訊ねる。

「ここ、空いてる？」

全員がシスを見た。近ごろすっかり別人になったシス。みんなが、前のように戻ってほしいと切望しているシス。自分たちがシスをどれほど大切に思っているか、ここがみんなの力の見せ処だった。その思いが波のようにシスに押し寄せ、みんなのところへとまた戻り、シスは頬を赤らめる。想像もしていなかった喜びがどっとシスを満たす。

「空いてない」波間からシスが少女に言う。

少女は少し驚いた様子だった。

「その席は空かない、絶対に」シスがそう言うと、クラス全体がその場でぴしっと身を正し、これまで意識していなかった共通の感情に気付いたようだった。ウンの場所を守りたい、そんなことをみんなが急に感じ出した。まるで少女がなにもかもを台無しにしたと言わんばかりに、無実の新参者に冷ややかな視線を送る。

ほかに机はなく、少女は先生が来るまで立ち尽くしていた。緊張が高まっていく。

「さてきみにはどこに座ってもらおうかな」先生は挨拶やなにかを済ませると、そう言った。そしてちらっとみんなのことを見ると、当然と言わんばかりに決めて言った。

「あの席に座りなさい。いまは空いてるから」

少女はシスを見た。

シスが立ち上がる。

「空いてない」シスは喉を詰まらせて言った。

先生はシスと目を合わせて穏やかに言った。

「シス、その席は使った方がいい。それがいいと思う」

「だめ！」

先生は困惑していた。ほかの生徒たちの顔からシスに同意していることを見て取った。

「外の廊下に使われてない机がある」シスはずっと立ったまま言った。

「ああ、それはよくわかっているよ」

先生は転校生に言った。「十六年、行方不明になった女の子の席なんだよ。その子のことはきっときみも新聞で読んだろう」

「何度も」

「だから、そこに席がなくなったら、ウンは二度と戻ってこない！」シスは吐き捨てるように言った――その瞬間、この荒々しい主張は的外れでもないように聞こえた。

クラスに驚きが走る。

先生が言った。

「考えすぎだよ、シス。そういうことは言うもんじゃない」

「ウンの席はあのままにしておけるでしょ」

「きみがそういう子なのはうれしいよ、シス。でも行きすぎはよくない。この間《かん》ずっと、だれもあの席に座っちゃいけないのかい？　いいじゃないか。だれかが座ったからって、それでなにかがだめになったりはしないよ」

「だめになる！」興奮しすぎて深く考える間もなく、シスは言い返した。そのことがわからない先生に驚き、シスは目を見張った。

新入りの少女はいまだ立ったまま、座れずにいた。この一切のことから逃げ出したいという気持ちが、その顔にありありと出ている。なにもしていないのに、むき出しの敵意が自分に向けられているのを少女は感じていた。ほかの子たちは妙に安堵しながら、シスの陰で黙っている。

先生は決めた。

「机を取ってくるよ」

シスは感謝して先生を見た。

「こんなことで、なにかをだめにしたくないからね」先生は続けた。

先生は廊下に出た。

すぐに見知らぬ少女を見るみんなの目が変わった。この子は敵なんかじゃない。来てくれてうれしい。

ふと、みんなはシスに訊いた。シスは席でまた身を丸めている。

「また一緒に遊ぶよね、シス？」

シスは頭《かぶり》を振る。

誓いのことや、大きな贈り物のことは話せない。ただ、先生が机を引きずりながら入ってくるのを待っていた。

12　雪に埋もれた橋の夢

濃くなる雪に立つふたり。
あなたの袖が白くなる。
私の袖も白くなる。
それはあいだにかかる橋
雪に埋もれた橋のよう。
雪に埋もれた橋なら凍っているかな？
でもなかには生きた温もり。

雪の下であなたの腕は暖かく
私の腕には好い重み。

雪がこんこん
静かな橋に。
だれも知らない橋に降る。

13　雪上の黒い虫

樹冠に見える動きが最初の合図だ。風ではない。夕方早く、緑の針葉樹の頭をぬってさざ波がひとつ抜けていく。強い波に変わるのは夜になってから。夜の波動だ。

この日も雪が降った。なにもかも真っさらで白くきらめいているが、空は重く、雲が垂れ込め、のっぺりとしている。

さあ、始まる。外で働く者はこれに気付き、足調を変える。間に合うよう帰ろうとしているみたいだ。

〈お、寒くない〉口にはしないが、身体が感じる。さあ、始まるぞ。

波は高まり、針葉樹の森でますます強まる。尖った葉が舌を伸ばし、馴染みのない夜の歌を歌う。一つひとつの舌は小さく、その声は聞こえもしないが、全体でまとまると、その歌声は地鳴りのようになり、望めば山々を崩しさえする。しかし空気は緩み、積もった雪は湿って静かだ。吹けば舞うような粉雪ではない。

その日、最後にそこを行く者たちも感じる。ああ、ずいぶん寒さが和らいだ。森を抜け、開けた場所で、ぬるい波そのものに出会う。心をつかまれ、この風を親しい知らせとして迎え入れる。もう寒さはたくさんだ――またそのうち寒くはなるだろうが。この風のなかでは、一瞬だれもがありたい自分になれる。冬の暗闇を吹く湿った風なのに、どこか人を輝かせる力がある。

まだ解き放たれてはいないが、なにかやって来る。雲の兆しに見て取れる。そんななか男たちは、眠る静かな家にようやく帰り着く。今夜ほんの一瞬、自分たちが輝きを放ち、別人のようであったことを、翌朝知るものはだれひとりいない。

朝になっても、明るくなっても、まだ空気はぬるんだまま。ざわめき、揺らいでいる。陽が射して見てみれば、湿った雪は小さな黒い虫で覆われている。まんべんなく、何十キロと見渡す限り、四方に続く。この生きた黒い虫は進もうとする――雲のように風に運ばれ、夜に運ばれ、この世の移り変わりの一部を成す。そして次の降雪で、雪の吹きだまりを行く一筋の線となる。

14　三月の幻影

真冬の天気は過ぎ去り、三月らしく空が晴れ渡ってきた。朝は早く明け、きらめき、冴えきっている。積もった雪はちょうどいい具合に硬くなり、スキー遠足に最適のときがやって来た。いよいよ氷の城に行くときだ。もう三月も末。

土曜日の下校間際、クラスのみんなはスキー遠足に出かける約束をした。日曜は朝から遠足だ。今回は少し特別なものになるだろう。シスが一緒に来るのだから。

みんなはようやくシスを取り戻したと思った。こういうことだ。三人がシスのもとへ行ったのである。

「一緒に行こう、シス。今回だけ」

シスの一番好きな三人。

「ううん、いい」シスは言った。

任せるならこの三人だ。だれをシスのもとに送るべきか、みんなにはわかっていた。

三人は、一度断られただけで諦めるつもりはない。

「行こう、シス。頼むから、無視したり、そんな態度、もうやめて。私たち、あんたになんにもしてないでしょ」

シスは自分に強い波が向かってくるのを感じた。自分自身も氷の城に出かけようと思っていたところだ。でも。

三人のなかでも一番自信のある子が一歩出て、ささやき声で言った。

「シス、ねぇ、一緒に来てよぅ――」

さらに小声になった少女のことばは、危険な口説き文句のようだ。

「シスゥ――」

TARJEI VESAAS
Collection
タリアイ・ヴェーソス
コレクション
朝田千惠／
アンネ・ランデ・ペータス＋訳
国書刊行会

TARJEI VESAAS
Collection

刊行によせて

朝田千恵／アンネ・ランデ・ペータス

ヴェーソスと言えば二十世紀を代表するノルウェーの大作家ですが、日本ではこれまで『氷の城』しか紹介されてきませんでした。今回、再訳を含むヴェーソスの代表作三作を翻訳するという、思ってもみない貴重な機会に恵まれました。訳者ふたり作品を改めてじっくり読み込むなか、シンプルなことばに隠された物語の奥深さに驚くばかり。日本語に訳したときに見える、ヴェーソスの執筆スタイルなど、新たな発見もありました。淡々とした自然描写に投影される登場人物の心の機微、季節の移ろいに生命のはかなさなど、急いで読むと見逃してしまいそうなところもあるかもしれません。どうか読者のみなさんには、私たち訳者がしてきたように、ゆっくりと、あるいは二度、三度と読んでいただき、ヴェーソスの世界をじっくりと味わっていただければと願っています。

朝田千恵／アンネ・ランデ・ペータス＊訳　国書刊行会

少女同士のつのる想いが結晶化したかのような氷

ほかのふたりはじっと待つことで、そのことばをもっと効果的に響かせた。

この三人は強力だ。誓いが脇に追いやられる。シスは、誘惑する側が使う危険な声音に合わせて、ささやき返した。誘惑に応えるときの声色で。

「わかった。じゃあ行ってもいいけど、氷の城にも寄ってもらうよ」

三人の顔がぱっと明るくなった。

「やったー、シス！」

ひとりになるとすぐに、シスは罪悪感を抱いた。そして両親が遠足のことを聞くとあまりにも喜ぶので、なんだかさっきとは逆の方向からも胸が締め付けられるようだった。


朝、みんなは集合し、声を上げて大騒ぎしながら出発した。冷たく澄みきった朝だった。硬い雪の上に粉雪が少し積もっている。最高の状態だ。滝に立ち寄るルートにみんなが喜んでいたし、シスが一緒に行くこともうれしい。シスはこのことすべてに心が温まった。新雪に覆われた、硬い表面の上をスキーがすいすいとよく進むようにシスの足取りも軽く、機嫌よく進んでいった。

なにもかもがあるべき姿のようだが、実はそうでもなかった。

みんなは滝の下の川に出る方に向かっていた。川のその場所には大きくて静かな淵が並び、氷が張っている。渡ろうと思えば渡れる。静けさのなかで響く滝に向かって、みんなは上がっていく。

この冬、みんな一度は氷の城を目にしていたので、声を失うことはない――それでも氷の城は力強く、不思議な姿でそびえ立つ。いまは雪も積もっておらず、つるつるしている。三月の太陽はこの日、もうとっくに城にたどり着き、氷の塊が太陽の光線を爪弾いていた。

みんなはシスに気を遣い、危険な話題はひと言も出さない。シスもそれを感じ取り、ほっとしつつも、同時に胸が痛んだ。ここまで戻ってきたシスは、表には出さないが、どこか抵抗を感じていた。シスは氷の城に対し解決できていないなにかを抱いていた。

あの夜の男たちのせいだ。シスは、もう一度ここに残らなければならないと感じた。ここでみんなに別れを告げるしかない。

みんなは存分に氷の城を眺め、いずれもっと強くなるであろう瀑声に耳を澄ませた——そして先を急ごうとしていた。

快調に見えていたシスが突然、変わった。みんなの恐れていたことだった。やっぱりまだシスを取り戻せていないのかもしれない。そんな思いが頭にあり、みんなは、シスがなにを言い出すのかと身構えた。

「ねー！　私、ここまでにする。ここに来たかったんだもん」

「なんで？」だれかが訊ねた。しかしシスを口説き落とした三人のうちのひとりがすぐに言った。

「決めるのはシスだよ。シスがこれ以上行きたくないんだったら、私たちが口を挟むことじゃない」

「そう。私、ここで引き返すよ」シスは、相手の反対を押し切るときの、いつもの顔をして言った。

「私たちもそうするよ、じゃあ」みんなが気を利かせて言った。

シスは恥ずかしくなった。

「ううん、そんな必要ない。お願い。計画通りに行って。少しのあいだ、ひとりでここにいたいの」

みんなの顔はしゅんとなった。私たち、ここに一緒にいちゃいけないの？　顔にそう書いてあった。〈ひとりでここにいたいの〉シスの使った少し改まったことば遣いに、みんなはこの冬ひとり背を向けていたシスの様子を思い出した。そして傷付き、押し黙ってしまった。

シスはみんなの顔から、この遠足の日を台無しにしてしまったことを見て取ったが、シスの立場からはなにもできることがない。もう遅すぎる。あの誓いがシスのなかで壁のように立ち塞がってきたのだ。

「つまり今日はもう私たちと一緒に来ないってこと？」

「うん、行かない。どういうことだか、わかんないよね、でも。誓ったんだもん！」そう言って、みんなを驚かせた。

シスがそんなふうに言うと、だれにも生死がわからない、あのウンに対する誓いだとみんなは漠然と理解した。これは強力で危険だ。おしゃべりがやむ。

「大丈夫、帰り道は自分で見つけられるから。スキーの跡もあるし」

シスは普段通りの話し方だ。それでみんなは落ち着いて声を取り戻した。

「うん。でも、」そして返事だけでなく、主張する。「そのことじゃなくて」

「冬のあいだずっと、あんた、壁のところに立ってたでしょ」ひとりが勇気を出して言った。

「これでまた前のように戻ると思ってた」

「だから、帰るのは私の方が先ね」この件には踏み込みたくないシスが無視して言った。

「うん、でも今日はまた前みたいだと思ってたのに」

「いいから行って。お願いだから」シスが乞う。

みんなはシスに向かって頷き、ひとりずつ滑り出した。小さく開けたところでみんなはもう一度相談するかのように集まり、そしてひとつにまとまって移動しだした。

シスは恥ずかしく、気まずさを感じていた。いまだ機嫌よく滑るスキーでシスは滝と氷の壁のところまで戻ってきた。滝の轟きが叫ぶようにシスを惹きつける。

あの男たちの記憶。あの晩、なにか予期せぬことを待つかのように、奇妙な様子でここに立っていた。ここで起きたのかもしれないと考えているようだった。途方に暮れたら、ここにしか来る当てはない。

〈途方に暮れる〉みんなよく口にするが、そんなのいつも口先だけ。でもシスは本当に、途方に暮れていた。

恥ずかしく、気まずさを感じながら、シスは仲間から離れ、瀑声のなかへ、氷の宮殿へとまっすぐスキーを走らせてきた。

どこから見ても、怖くなるくらい大きく、奇妙だ。雪はすっかり吹き飛ばされ、氷の城は輝き、ぎらついている。穏やかな三月の空気のなか、氷の城の周りを冷気が漂っていた。

氷を離れていく川は、黒く深い。流れるほどに速さを増し、根のないものをみなさらっていく。

シスはここに長いあいだ立っていた。男の人たちが引き上げるまで立ち尽くしていたように、シスもそこに立っていたかった。もう少しで暗い歌が口から出かけたあのときのように。男たちはここを電灯で荒々しく照らしながら、姿を消した少女が目の前に現れ、「探しているものはもうここに在らず」と告げるのを待っているかのようだった。あのときもいまも、シスにはそうであるとは信じられなかった。ちっとも。

大きな鳥が一羽、目の前を切り裂くように飛んでいき、シスはぎょっとする。鳥はもう視界から消えていた。

探しているものはここに在らず。なにをも見つけられはしない。それなのに。あの大の男たちはあんなふうだった。だから。

シスもここにいたかった。スキー板を外し、硬くなった雪の上を壁沿いに歩いて登っていった。飛び散る水と流れる水で築き上げられた、氷の城そのものは実に魅力的だった。いまはなにもかもが硬くしっかりしている。てっぺんまで登りたい。あそこを見て回りたい。とにかくあの場所にいたかった。

上まで来ると、シスは氷でできた複雑な模様を見下ろした。どこも雪はすっかり吹き飛ばされている。シスは用心しながら、傾いたところや深い溝ができたところに滑り出てみる。もしかすると氷がもたないかもしれない、となかば恐れつつ——そしてある考えが何度も頭をよぎった。ひょっとしたら、こんなふうに、ちょうどこんな具合に起こったのかも。

ついさっきは仲間から離れたことを恥じていた。いまシスは、みんなと一緒に来たことで、なにか裏切ってしまったように感じ、恥じていた。魅力的な友だちの瞳とことばとスキー遠足のせいで、誓いを忘れてしまった。ううん、スキー遠足は違う。でもみんなと一緒にいることが人事になり、それに抗うことは次第に難しくなっていた。擦り切れそうになるまで、シスは抵抗してきたのだ。

高く、複雑な氷の丸屋根の上に立つと、シスのなかに興奮が湧き起こってきた。溝に沿って滑り降りたり、割れ目へと入り込んだりしているうちに少し下の、段になっているところへ出てきた。ぎりぎり陽の光の当たる崖の端だった。この場所がシスを興奮させる。そこにあった窪みに転がる。透明の硬い氷。太陽が進み、何百もの模様が生まれる。

その瞬間、シスは叫んだ。ウンがいる！　シスの目の前で、氷の壁を通して、ウンが外を見ていた。一瞬、シスはウンを見た気がした。

ずっと氷の奥深くに。

三月の強い陽射しが照りつけ、ウンは光と輝きに包まれていた。斜めに差し込む光の筋や光り輝く幹、摩訶不思議な氷の花々にシャンデリア。まるで盛大なパーティーの飾り付けのようだ。

シスは凝視し、全身が麻痺したように動けなくなった。叫び声も最初のひとつきりだった。これは幻だ。幻を見たという人のことを何度も聞いたことがある。いまは自分がそのひとりだ。シスは見たのだ、ウンのいる幻影を。

シスはほんの一瞬しか見ていられなかった。

その幻は消えない。なぜか氷のなかで穏やかにしている――しかしシスが見つめるにはあまりにも強力で、まるで不意打ちだった。

幻のウンはとても大きかった。丸みを帯びた氷の壁の向こう側。本当のウンよりもずっと大きい。見えるのは、ほとんど顔だけで、ほかの部分はぼんやりしていた。

割れ目や角から漏れる、出どころのわからない鋭い光の線が幻を切り裂く。この世のものとは思われぬ美しさのなかに、ウンはいた。見ていられず、身を隠すことで頭がいっぱいになった。反射的に手足が動きを取り戻すと、別の窪みへと這った。見たその一瞬すら長すぎたため、身震いがする。

はっと気付くと、もうかなり離れていた。シスは思った。幻はもう消えているだろう。すぐに消えるのが幻だ。

たぶんこれは、ウンが死んでいる、ということなんだろう。

そう、確かに。ウンは死んでしまったのだ。


そう悟った瞬間、シスは壊れてしまった。考えたくなかったこと、自分にさえ口にしなかったこと、でもずっと心のどこかで恐れていたこと――そして周りの人が陰で言っていたに違いないこと。もう認めざるをえない。信じるしかなかった。

そこに横たわったまま、シスは背後から風のような音を聞いた。鋭い突風を感じ、宙を一本の線が走った――なにもかもがすぐそこで一度に起きた。

身震いした。氷は横になるには冷たい。つるつるした溝を這う。上に戻るのは降りるよりずっと大変だった。下の氷のなかでは、きらめく割れ目と光が奇妙にじゃれあっている。ときどき、行きたくない方向に危うく滑ったりもしたが、しかしまた上になんとか戻った。

てっぺんまで来ると、気が滅入り、辛くなった。見渡していると、本当になにか見たのか、疑わしくなってきた。

でも確かに、あれは本当のことだった。

そしてシスは思った。春のある日、この氷の山全体が崩れ落ちる。割れて、大量の水に押し流され、潰れ、川下へと引き剝がされ、岩に打ち付け、さらに粉々になり、川下の湖に流される――そして消えてなくなる。

シスは、氷が崩壊するその日、ここでそれを見ている自分を想像した。

そして氷の城の上に立つ自分の姿を一瞬、思った――しかし、すぐにそんな考えは捨てる。

だめだめ。

シスはスキーを手にした。スキーを履く代わりに、優しく太陽の当たる丘でその温もりある木の板の上に腰を下ろした。まだ落ち着きを取り戻していなかった。氷で飾られたウンの幻に混乱していた。

でもこれだけは確かだ。このことはだれにも言えない。世界中のだれにも。

どうして見えたんだろう？

ウンのことを忘れすぎていた？

お父さんにもお母さんにも、おばさんにも、だれにも一切言わない。

本当に見たのだろうか。あの窪みで太陽に当たって少し居眠りし、一瞬夢を見たのでは？　陽光に包まれ、スキー板の温もりを感じながら辺りを見回していると、ただの空想だったように思えてくる。

いや、違う。シスは全身震えていた。ただの夢なら、そうはならない。

シスは震える指でスキーを履いた。振り向いて氷の城を見上げ、この城を見るのはこれが最後だと思った。もうここに来るのは怖すぎる。

そしてスキーを走らせた。

全力で走り続け、シスはへとへとの汗まみれで帰ってきた。家では両親が、なにかあったことを見て取り、気を落とした。

「もう帰ってきたの？　具合悪いの？」

「ううん、全然」

「でもほかのみんなが戻ってくるのは、まだずっとあとのことでしょ？　電話で聞いたけど」

「滝のところで引き返してきた」

「え――？」

「なんでもないよ」シスは、なかば怯えたようなふたりの質問に答えた。「最後までは足がもたない気がしたから、滝のところで引き返してきた」

「足がもたないって、シスが？」

「いまはもう大丈夫。少しのあいだ、力が出なかっただけ」

うそっぽかった。シスは一番に諦めるようなタイプではない。

「残念だな」とお父さんが言う。

「そう、今日はうれしかったのよ、ようやく立ち直ったって。また前みたいに戻るって思ってたの」

〈立ち直る〉だって。

両親はうそを一発で見抜き、真正面から切り込んだ。いま必要なのは〈立ち直る〉こと。言うは易し。でもどうやって？　目の前にあんな幻が迫ってきたら、どうしたらいい？

うそが通じなかったのはわかった。ふたりはそう簡単に騙されやしない。でもとにかく口を閉ざしていることはできる。シスはなにかして両親を喜ばせたかったが、口先だけではだめだ――じゃあ、どうすればいい？　シスは母親を見て、黙りこんでしまった。

「お風呂に入って、汗を流してきなさい。そのあとでまた話しましょう」

「あとでなにを話すの？」

「ほら、行って。お湯が張ってあるから」

大変なことがあって家に戻ったときにお母さんがいつも言うことばだ。〈お風呂に入りなさい〉

シスは横になってお湯に浸かっていたが、まばゆい氷の花々ときらめきのなかにあの顔が見えるようだった。まぶたに焼き付いている。スキーのあとの疲れと心地のよさはすぐそこにあるのに、手が届かない。四倍も大きな顔をなかに閉じ込めた氷の壁が、そこにあった。

すごいなにかを――シスはひとりで背負ってしまった。一番奥にしまっておかなくてはならない。口に出す勇気のない、ほかのものと一緒に。

それが言った。〈シス――〉

いや、違う。なにも言ってない。

気持ちのよい温かな湯気のすぐ向こうに、あの顔があった。

〈シス？〉それが言う。お風呂に入っているというのに、パニックを起こしそうだった。帰り道ずっと待ち伏せしていたパニックが、とうとうシスを襲った。シスの前に迫る氷の壁、そしてあの目——

「お母さん！」シスが叫んだ。

母親はすぐそこにいた。待ち構えていたかのような速さだった。

シスは頼りなげだった。しかし自分がなにを見たのか、口をつぐんでいることだけは忘れなかった。

15　試しに

じゃあ、誓いはどうなるの？

いま、ここにあるものはなに？　それは風。風が優しく私の髪で遊んでいる。ゆっくりと——ぎこちなく吹く風。

ウンが戻り、姿を現すまでの誓いだった。ウンが死んだのなら、あの誓いはどうなるの？

翌日、シスはまた校庭にひとりで立ち、ひとりで家に帰った。自宅にいるときは、部屋に閉じこもるしかなかった。氷の城での幻影があまりにも鮮烈で、あのできごとを秘密にしておくためにも、シスはいつでもどこにいても、警戒しなくてはならなくなった。うっかり口にしてしまえば、シス自身がパニックに陥ってしまいそうだった。両親の眼差しはあまりにも危険。シスは部屋で本を読んでいるか、ひとり外をうろつくしかなかった。わずかなひびでも入れば、そこから吹き出してくるかもしれない。ふたりがなにかを期待していることは、シスにもよくわかった。しかしシスは両親のもとには行けない。ふたりが穏やかに言う。

「シス、最近、部屋から出てこないのね」

「うん」シスが答える。

ふたりはそれ以上なにも言わないが、シスはすべて見透かされている気がした。それがまたシスを不安にさせる。

なぜウンが見えたんだろう？

ウンのことを忘れさせないため？

きっとそう。

シスは、ウンが忘れられている気がした。だれもウンのことを話さないし、ウンの名前を耳にすることもなかった。家でも、学校でも。まるでウンが存在していなかったみたいじゃないか、とシスはいきり立った。

覚えているのは私だけ。それからあのおばさんも、もちろん覚えている。だっておばさんは家を売っていないし、ここから出ていくなんてこともしていない。

でもほかにだれがウンのことを考えてる？

このことがシスの頭から離れなかった。だからどうしても試さなければならなくなった。

シスはある日、試しに、授業直前の教室で口に出してみた。全員がもう席に着いていて、間もなく先生がやって来る。ここに先生を交えてはならない。まず、シスは心を鬼にしようとする。

ひとり立ち上がり、勇気をかき集め、みんなによく聞こえる声で言った。まるでただの連絡事項のように。

「ウン」

ただひと言、名前だけ。ほかに方法はない。でもみんなには伝わったはず。期待に反して、最初はなにも起こらなかった。当然、みんなは顔をこちらに向け、おしゃべりがやんだ。そのあとはしんとするばかりだった。

みんなは予期せぬことがさらに起こるだろうと身構えた。しかしなにも続かず、互いに顔を見合わせる。まだだれも、なにも言わない。みんながシスの行動に驚いている。それに気付いたシスは、恐るおそるみんなを見てみた。

壁があるの？　いやがっているの？　ううん、壁なんてない。みんな、困惑している。

シス自身も困惑していた。こんな馬鹿なこと、やらない方がよかったみたい。

ようやくだれかが答えた。それは、シスに近い女の子たちからではなく、シスをブーツでつついたあの男の子だった。ここ一、二度、みんなの先頭に立っていたのをシスは見ていた。答えたのはその子で、鋭く言った。

「ぼくたち、ウンのこと、忘れてないよ！」

その場をばっさり切るように。

女の子がひとり、それに加わった。

「そうだよ、少しも忘れてないよ――もし、そのことを言ってるんだったら」

シスは恥ずかしさに熱くなった。みんなを拒絶していた自分の誤りに気付き、どもりながら言った。

「違うの、ただ――」

シスはうろたえ、身を伏せた。みんなに突き立てようとしていた牙を隠して。

第3部　木管奏者

1　おばさん

覚えていたのは確かにシスひとりではない。しかし人々の触れないなにかがあった。なぜみんな話さないんだろう？　この辺の人らしくない。

ときどきシスはびくっとして考えた。〈あの家が、おばさんの家が売られてしまった。おばさんが行こうとしている〉

そんなときは翌日、学校からの帰りに、おばさんの家の前まで回り道をした。これまで通り、人気《ひとけ》があり、家の外にはおばさんのものが置いてある。

家は売られていない。ということは、おばさんはまだ信じているのだ。

そんなある日、シスが回り道をしていると、おばさんにつかまってしまった。あまりにも近くまで行き、見つかったのだ。戸口でおばさんがシスに合図した。

「シス、いらっしゃいな」

不承不承、緊張気味でシスが向かうと、おばさんが言った。

「この家を売って出ていくときは、きっとシスに言うって約束したでしょ？」

「うん。売っちゃったの？」

おばさんが頷いた。

家が売れた。おばさんにもなにかあったの？　もしかして、私が氷の城にいたあのとき、同時に？　いや、まさか。なにがあったのか教えて、とシスは願い、おばさんは願い通り、はっきりと口にした。

「もうこれ以上待ってもだめだと確信したんだよ」

「本当にわかったの？」

「いや、わからないよ。でもね。それでも、わかるんだよ。だから売ったの。それで遠くに行くことにしたんだよ」

不思議とシスは不安を感じなかった。だって、おばさんは〈もう出ていくことだし、内緒にしてることを全部教えてくれないかい？〉なんて言わない。そういう人じゃない。

「明日にはもう行くの？」

「なぜだい？　どうして明日だと？」

おばさんは素早くシスを見た。

「もう聞いたのかい？」

「ううん。でも毎日、考えてたの。きっと明日には、おばさんが行っちゃうって」

「じゃあ、ついに当てたってことだね。そう、明日発つんだよ。だからシスを呼んだの。家の前を通るのを見かけてよかった。いずれにしろこんなことでもなかったら、今夜、お宅に伺おうと思ってたんだよ」

シスはなにも言わなかった。いざ、ここを出ていくと聞くのは、不思議な気がした。

すごく寂しい。おばさんも一瞬黙ったが、なにかを思い出した。

「それにね、呼んだのは、今夜散歩に誘いたかったからなんだよ。ここにいるのは今夜が最後。シスも一緒に行ってくれないかと思ってね」

うれしさが突き上げる。

「うん！　どこ行く？」

「とくにないよ。辺りを少し歩きたいだけ」

「でもまず家に戻らなくっちゃ。学校の帰りだから」

「そうだね、時間はたっぷりあるよ。暮れるまでは出かけないから。いまじゃ、そんなに早く暮れないしね」

「すぐ行ってくる」

「遅くなるって、お家の人に言うんだよ。でも心配いらないからって」とおばさんは言った。

家に帰りながら、シスは最高に厳かな気分だった。おばさんとシスは、散歩に行く。

ただの散歩であるはずがない。

「遅くなるっておばさんがそう言ってきなさいって」シスは家で出かける準備をしながら言った。

「ああ、いいよ」家にいた両親はうれしそうに答えた。

なぜうれしそうな声が返ってきたのか、シスにはよくわかっていた。シスがしたいと言うのなら、どんな小さなことでも、喜びをもって迎えられた。だれかと夜の散歩に出かけるような些細なことであっても。シスがふたりをそんなふうにした。

おばさんの家へと戻る道すがら、シスはずっとこのことを考えていた。

おばさんはまだ準備ができていなかった。

「急いで出かける必要はないんだよ。暗くなってから行こうかね。そしたらふたりきりになれるだろ。ほかのだれにも、関わってほしくないからね」

おばさんの出発が目前となったこの寂しさのまっただなかで、シスはうれしさと緊張を感じていた。

おばさんは荷造りと片付けをしているところだった。シスもできることを手伝う——しかしもうほとんど終わっていた。小さなこの家はすっかり荷出しが終わり、空っぽで、居心地悪く、前よりもずっと大きい。

ウンの部屋のドアは閉まっていた。よかった。

「なかを見たいんじゃないかい?」

「ううん」

「そうかもしれないね。どうせなんにも残っちゃいないんだから」

「ごめんなさい、やっぱり見たい」

シスが覗く。なにも残っていなかった。こんなの奇妙だ。不安にさせられる。

そろそろ出かけるころだ。暗くなってきた。

はっきり春が近づいてきている。家を一歩出れば感じる。優しい空気。春の香りがする雪。なにもかもがまだしっかりした雪に覆われている。それでも。空には雲が垂れ込め、今夜は暖かくて暗い。こういう穏やかな天気の夜は、好きなだけゆっくりと歩ける。なんとも心地よい。ふたりはずいぶん長い時間、そんなふうにして歩いた。ひと言も話さずに。

ふたりの周りの景色は徐々にはっきりしなくなっていった。道の両側に立ち並ぶ家はぼんやりとして見えた。そこから光が漏れてくる。シスは音を立てなかった。おばさんは別れの道を歩んでいる。明日、おばさんはもうここにはいない。

そのうち、おばさんから話し出すだろう。

春を感じさせる冬の夜、目の前をゆっくりと過ぎていく周りの景色が、ゆらゆらとした輪郭のはっきりとしない模様に変わっていく。両側で歩調を合わせて進む壁。雪明かりのおかげで歩きやすい。ぼんやりとした視界に木が映る。背の高い木の枝ぶりは、腕を伸ばして警告するかのよう。崖に突き出た漆黒の小さな岩は、額に向けられた握りこぶし。

　おばさんは別れを告げるためにここを歩いていた。近所と親密に付き合うような人ではなく、周りの人とのやり取りもこれまであまりなかった。みんなにとっておばさんは、たいていのことは自分でこなし、だれにも迷惑をかけずにひとりで暮らす、見知らぬよい人だった。しかし子どもが姿を消すという災難に際して、みんなが協力を申し出た。おばさんが自分なりのやり方でみんなに別れを告げているのを、シスは見ていた。

　だからふたりはこうやって長いあいだ、黙ったまま歩いていた。でも別れの挨拶だけではない。シスは歩きながら待つ――やがてその瞬間が来た。おばさんは途中で立ち止まって言う。その声はなかば恥ずかしげだった。

「シス、ただ散歩に付き合ってほしくて頼んだんじゃないんだよ」

　シスは小声で答えた。

「だと思ってた」

いったいなにが始まるの？　早く終わってほしい、この散歩。ううん、それもいや。でも。

おばさんは重く湿った空気のなか、静かな雪道をまた歩き始めた。ふたたび話し出したとき、おばさんの声も落ち着いていて、穏やかだった。

「ひとり暮らしでもね、なんやかんや噂を耳にするんだよ。あちこちで人に会うもんだから。シスにとって、この冬はひどく辛くて大変だったってことは、あたしも聞いてるよ」

おばさんは、シスに時間を与えるかのように、そこで止めた。

いやだ――シスは耳を閉ざそうとした。

「シスは学校でも、ときには親御さんに対しても、自分を閉ざしているって聞いたよ」

シスは早口で言った。

「誓いを立てたんだもん」

「うん、なにかそんなことだろうと思ってた――たぶん、そのことについてはシスに感謝しなくちゃいけないね、ウンの身内として。詳しく聞かせてほしいとは思っちゃいないの。でもシスが潰れそうになるほど、その誓いを守ったりするのはよくないよ。もうその意味もないなら、なおさら」

シスは黙ったまま、おばさんの言わんとすることを理解しようとしていた。聞いていて、いやな気はしない。

「シスの心は病気だったんだよ」おばさんが言った。

「いやになるくらい、みんながなにか訊き出そうとしたからだよ！　答えられないことを、何度も、何度も――」

「うん、うん、それは知ってる。でもそれは最初の、みんな必死だったときのことだって忘れちゃいけない。手がかりを見つけるために、できることはなんでもする必要があったの。あたしも本当に途方に暮れて、そうしたよね。でもそれがシスにとって辛すぎるってことは、あたしも含めてみんな、あまりにも考え足らずだったよ」

「いまはもう訊かれないよ」

「そう、シスが危険な状態になり始めたころ、幸い、そういうことは禁止しようってことになったんだよ」

はっきりとは見えないおばさんをシスは見つめた。

「禁止？　禁止って？」

「そう。もう訊かれなくなったって言ったね。あの痛ましいできごとについて、だれかが話すのも長いあいだ聞いてないんじゃないかい？　少なくともシスの周りでは。お前さんのことを診たお医者さんが禁止させたんだよ。学校でもしつこく言い聞かせてね」

シスにとってはあまりにも寝耳に水の話だった。シスはなんとか口にした。

「え、なにそれ――」

お互い顔がよく見えなくてよかった、とシスは思った。見えていたら、このことは話せなかったはず。おばさんはこの話にぴったりの時間帯を選んでくれたのだ。

「みんな、このことを真剣に受け止めたんだよ。シスがすごく落ち込んでいたからね。ここを出ていく身だから、あたしが話しておくのがいいと思って。シスも知っておくべきだと思ったから」

シスはまだ突っ立ったまま、押し黙っていた。不思議に思っていたいろんなことがようやくいま腑に落ちた。おばさんが言った。

「もう終わったいまなら、この話を聞いても大丈夫だろ。もう待たないことにしたんだから」

シスは割って入った。

「終わったの？　なにが終わったの！」

「そう、ふたりでそのことも話そうと思ってたんだよ」

シスはどきっとしたが、おばさんが同じ話題を続ける。

「みんなが行方不明のウンのことをすっかり忘れてしまったと思っちゃいけないよ。忘れちゃいないの。そのことはあたしもよく知ってる。申し訳ないくらい、みんなあんなに協力してくれたんだから、本当ならここを出ていくいま、一軒ずつ回って全員にお礼を言うべきなんだよ。でもそうはできない。あたしゃ、そういう質《たち》じゃなくてね」

「うん――」

「今夜、暗くなってからここを歩くのもそのためなんだよ。あたしもだめだねぇ。ここを歩いて回りたいんだけど、姿を見せる勇気はないのさ」

密度を増してきた四月の夜、おばさんは少し間の抜けたような様子で立っていた。しかし、決して間抜けなんかじゃない。

「もう少し歩こうか、シス。まだまだぐるっとひと回りしてから休みたいしね」

ここからの道は人家を抜けていく。あちこちの窓にまだ明かりがついていた。シスは、おばさんとの散歩をとても心地よく感じていた。そして自問した。なぜ、こんなふうにお母さんと歩くことがなかったんだろう？　答えはわからない。母親のことは大好きで、とくになんの不満もないのに、母親に対しては照れくさいところがあった。

父親に対してもそうだった――父親とはとくに仲良しなのに。この少し情けない様子のおばさんなら、必要とあらば一晩中、一緒に歩いてもいいと思わせるものは、いったいなんなのだろう？

そう、シスはおばさんに訊ねることができた。

「なにが終わったのか、言って。いま、おばさん、言ったでしょ」

「シスには終わりなんだよ、シスにとってはね」

「そんなことは――」

「いや、そうだと思うよ。もうこれ以上、待ってもだめなんだよ。ウンはいなくなって、もう生きてないんだよ」

暗くてよかった。

息のようなか細い声でシスが言った。

「なにかで、それがわかったの？」

「シスの言う〈わかった〉ってことじゃないんだけれどね。それでもわかるんだよ」

大切な瞬間だった。おばさんは咳払いをして、決定的ななにかを話そうと心に決めたようだった。

「聞いて、シス。あたしがここを発つ前にシスにお願いしたいことはね、前のシスに戻ってほしいってことなの。誓いを立てたって言ったね。でもその誓いも、相手がいなくなったら、それでおしまいになるの。ウンの思い出ばかりに固執してちゃだめ。シスのいるべき世界から、自分を締め出すのをやめて。そんなことしても、自分自身やほかの人を悩ませるだけで、だれも感謝しないよ。むしろ逆。それにお父さんとお母さんも傷付けてる。あたしの話してること、聞いてるかい？」

「うん、聞いてる！」

「よく聞くんだよ。ウンはもう戻ってこない。だからシスは、自分で誓ったことから解放されていいんだよ」

衝撃が走る。

「誓いから解放されるの？」

「そう」

「おばさんが解放してくれるの？」

「そう、いまこのときをもって、おばさんがシスを解放してあげる」

おばさんはどこか権威的に聞こえるように言った。シスは当惑した。急に気が楽になったようでもあるし、同時に疑わしくも感じられた。

おばさんがシスの腕をつかんだ。

「いいかい、わかったね？　約束だよ」

「本当かどうか、わからないじゃない」シスが言った。

「本当かどうか？」おばさんが傷付いたように言った。

「そう。おばさんが本当に私を解放してもいいのかどうか。だって、誓いは私が――」

「そんなにも深いところまで行ってしまってるんだね、シス。でもあたしがいま言ったことを、シスだってきっと考えていたんじゃないかい、この春、ときどきね」

「そうだけど、でも」

「だろう？　きっとシスはちゃんとやっていけるから。そう考えてくれたら、あたしも、少しは肩の荷が下りた気分で、ここを発つことができるんだけどね」

「変なおばさん」感謝するかのように、シスの口から出た。

そこにはシスに言う勇気のないなにかが込められていた。誓いから解放された？本当に？　それはうれしいことなの、寂しいことなの？　〈変なおばさん〉、シスに言えたのはそれだけだった。

「さあ、引き返そうか。帰るのがあんまり遅くなってもいけないからね」おばさんが言った。

「うん、でもおばさんの好きなだけ歩こうよ」

ふたりの両側を木や家、岩がますます曖昧な模様となって過ぎていく。そしてときどき、真っ暗な闇も過ぎていった。そんな暗闇が目に入るたび、シスの心臓は一瞬止まってしまう。あれはなに⁉　耐えがたい一瞬――しかし毎回それは空想に過ぎず、心臓はまた動き出し、血が巡る。周りは動いていない。私たちが歩いているから、そう見えるだけ。

おばさんの声がした。

「もう一度言うけど、シスは、解放されたの。いまみたいに続けるのは正しくない。シスらしくない。シスはそんな子じゃない」

なにも言わなくていい。答えは求められていない。でもときには、星の光も井戸の底まで届く。説明なんてない。

ふたりは散歩を終えた。真っ暗な夜だ。おばさんは気の済むまでもうひと歩きした。そしてシスの家まで来た。明かりがひとつだけついていて、シスを待っている。物音はしない。

「はい、さあ着いたね。じゃあここで――」おばさんが言いかけたときに、シスが早口で言った。

「だめ。おばさんを送ってく」

「いいんだよ、そんなこと」

「暗いのは怖くないもん」

「いや、だからって、それでもね」

「だめ？」

「もちろん、いいんだけど――」

ふたりはまた歩き始めた。シスを待つ明かりに照らされて眠る家が、徐々に小さくなっていく。道に人気《ひとけ》はなかった。次第にふたりは歩き疲れてきた。

「寒くないいね」

「ちっともね」おばさんが言った。

シスは思い切って訊ねてみた。

「引越し先で、なにするの？」

どこの町に越すのか、シスはなにも知らなかったし、話題にも出てこなかった。おばさんはなにごとも、ひとりでやりとげていた。

「そうだね、なんやかんや、するだろうよ。大丈夫。家も売れたし。あたしのことを心配する必要はこれっぽっちもないんだからね、シス」

「うん」

「ずるい婆さんなんだよ、あたしゃ」少しして、おばさんが言った。おばさんの家に近づき始めたころだった。一緒に過ごす時間も終わりに近づいてきた。おばさんがまた話し出す。

「ずるい婆さん。ウンが消えてから、ここの人はみんな、こんなあたしに、うんとよくしてくれたよ。だからちゃんとお別れを告げていくべきなのに、こんなふうに歩いてるなんてね」

シスがなにも答えないでいると、おばさんが言った。「どう思う、シス？」

「わかんない」

「それでこんなふうに、今夜シスが散歩に付き合ってくれたことで、いつかきっとみんなに、あたしがここを歩いてたってことが伝わるんじゃないかなと心のどこかで期待してるんだよ。ありがとうとお礼を言う代わりに歩いてたんだってことがね。シスがこの散歩のことをいつかだれかに話すだろうなって思ってるの、あたしゃね。シスがそうしてくれたら、うれしいよ——ずるい婆さんだよね、そんな厚かましいこと考えたりして」

そして、ふたりに別れのときが来た。

なんの光も発しないふたりは、暗闇とほぼひとつになっているようだった。足音も聞こえない。息遣いだけが聞こえた。そしてもしかすると心臓の音も。ほとんどわからない夜の振動のなかにふたりは混ざっていった。長い弦を震わせる小さな揺れのように。

暗闇が怖いかって？　ううん、ちっとも。だっていま、道の両側を木管奏者たちが朗らかに歩いているんだもん。

2　しずくと小枝のように

解放された？

解放なんてされてない、でも。

みんなのところに駆け戻ったりはしない。〈戻ってきたよ！〉って。だれも解放なんてされてない。でも、木管奏者たちがやって来た気がする。

陽射しのなかのしずくと小枝。葉のない小枝に積もった、水をたっぷりと含んだ雪は重みで落ちかけ、透明のしずくがひと粒、雪の上に落ちる。雪だまりが溶ける――雪のなかには黒い筋。丘や谷の雪の層に波のように筋を付け、小さな黒い虫が一緒に流れていく。不思議と記憶に残る光景だ。暗闇のなかを行く小さな黒い虫。厳しい寒波の合間、寒さの和らぐ夜にできる、何十キロも続く筋。いま、なにもかもが黄色い水へと流れていく。あるいは黄色の水たまりのなかで静かに佇んでいる。

〈やっほー、シス！〉

遠くから聞こえる声。春の響き。

私はしずくを湛えた小枝と同じ。よくわからないけど。そこに、死の影はかけらもない。

誓いは解かれたけど、だからといってすぐ解放されるわけじゃない。小枝と同じ。まだ静かな重みが載っている。なんだかわからないけど。

まるで炎のように、ものごとは突然起きる。

元気を取り戻した母親が言った。「シス、今日、学校が終わったらひとつ用事を頼めない？」

「うん、いいよ」

なにか前と違う。どうして？　お母さんたちには、なにか見えてるの？　それとも、ただの気のせい？

シスは母親のお遣いに出かけた。辺りはむき出し。小雨、風、さざめき。今日、学校でどうだったか考える。なんだったんだろう。どこにいればいいのか、わからなかった。みんなのところに駆け出していくなんて、まだできない。誓いは厳しい縛りだったけれども、シスに居場所を与えてくれた。誓いがなくなったいま、どうすればいいかわからない。春の夜のいい匂いがするときにはなおさら、なにもかもわからなくなる。

だれかが来た。

丘の北側を行く道、風と雨のなか。シスの知っている、近所の少し年上の少年だ。汗で湯気が上がっている。雨具《かっぱ》を着て暑そうだ。後ろから突然やって来る音に身を硬くしたが、シスは緊張を解いた。

「きみだったの、シス」少年が言った。シスは、その子の顔が明るくなった気がした。「やあ、よかった。やっと大きな道に出てこられて。北側の斜面をずっと雪のなか、歩いてきたんだ。膝まで雪だよ。まるで濡れた砂に膝まで埋まって歩いてるみたいだ」

シスは少年に向かって微笑んだ。

「雪のなかを長く歩いてきたの？」

「ああ、ずっとね！　でもほかのところはもう溶けてたよ。川まで行ってきたんだ」

「川まで行ってきたんだ――」

「そう。川の氷も割れ始めた」

少年のことばで確かにわかったことがあった。まだ捜索に当たってくれている人がいる。シスは少年のことがすっかり気に入った。そして訊いてみた。

「あの大きな氷はまだある？」

「ああ」少年はひと言で答えた。まるでなにかの途中で立ち止まり、それ以上は口にしたくないかのようだ。

でもシスはあえて話す。

「あのときのまま？」

「うん」

「もうあまり長くは立っていられないよね？」

「ないない、川幅も広がってきたし、これからまだ水量ももっと増えていくよ」

疲れ果てるような捜索をしてきてくれて、少年に対する好意は溢れんばかりになった。シスの様子にも現れている。不思議な、つつかれるような感覚。

「道々ずっと滝の音が聞こえるんだ」その必要もないのに川について話し出す。シスが質問し続けるので、少年は最初のぶっきらぼうな口調を改めていた。

「すごく離れたところからでも、氷は見えるよ」

「ほんとに？」

「ああ、この辺りの丘からでも――見ようと思えば、見える」

「見たくない」

静かになった。行方不明のウンのことを話しているのだと、ふたりにはよくわかっていた。

「ねぇ、シス」急に少年が優しげに言った。

え、なに？

「シスに会ったら言おうと思ってたことがあるんだ」と少年は切り出したが、しかしその先を言おうとすると口ごもってしまい、不明瞭なことばになった。

「もう無理だと思うよ、シス」

ずばり言った。はっきり伝わった。シスは応えない。

「きみにそのことをわかってほしくて」

そう、はっきりとした言い方だった。緊張し、消耗したところへの直球——しかし奇妙なことに、反応が前とは違う。シスは反抗したり、騒いだりする気にもなっていない。逆に、このことばを聞けてどこかほっとしていた。

シスはほとんどつぶやくように言った。

「そんなこと言うけど、わかんないでしょ」

「だよな、ごめん」

少年があとから付け加えた。「えくぼがあるんだね」

シスは少し顔を上げ、小雨に濡れた。しずくが頬を伝い、シスのえくぼに流れていく。慌てて顔をそらす。

どんなに顔が赤くなっているか、見せない方がいい。どんなにうれしくなったことか。

「じゃあ。家に帰って、着替えなきゃ」

「じゃあね」シスが言った。

少年は反対方向に向かうので、一緒に行かずに済んだ。少年には、シスとは無関係の別の仲間がいる。大人と言ってよいほどの、年上の男の子だった。

少年がシスのえくぼについてちょっと言っただけなのに、こんなに意識するなんて。そう。人はそんなものだとシスには内心わかっていた。

いまも、川沿いを歩き、探し、へとへとになって帰ってくる人がいるのだ。ひとりきりであそこを歩いている人か。おばさんも引っ越し、なにもかも終わってしまったのに。もうほとんど意味もない捜索なのに。

これまでは雪の季節と死の季節と閉ざした部屋の季節だった――そしていま、突然、別世界の扉が開いた。少年がひと言〈えくぼがあるんだね〉と言っただけで、すべてがきらきらして見える。

道の両側には木管奏者たち。シスはできるだけ早足で歩きながら、同時に、その道がどこまでも続くことを願った。

しかしその道は永遠には続かない。気が付けば、もう家だった。シスの様子を見れば、なにかあったことはすぐにわかった。

「外はいい天気なの？」母親が訊いた。

「いい天気？　風が吹いて、雨が降ってるよ」

「そういうときだって、すっごくいいことがあるかもしれないじゃない？」

シスはこっそり母親を見た。お母さんはきっと、これ以上は訊いてこない。

確かに、母親は訊いてこなかった。

3　城が閉じる

城のあらゆる割れ目から氷のように冷たい稲妻が走る。荒れ果てた大地に、そして宇宙に向かって。その形や方向は時刻によって変化しても、稲妻が城内部から太陽に向かって出ていくことに変わりはない。ここを離れられなくなっていた鳥はまた、この稲妻を鋼で切断していく。何度やっても、城には近づくことができない。

氷の城はなにか探しているわけではなく、ひび割れた部屋からただ光を外に放つだけ。だれひとりとして目にすることのない舞台だ。ここは人間の来るところではない。

城は稲妻を走らせ、鳥はまだ身を切り裂いてはいない。

だれも目にすることのない舞台。

もう長くはもたないだろう。城は崩壊する。鳥がどうなるかは、だれも知らない。城に亀裂が走って崩れるとき、鳥は恐怖で怯え、点と消えるまで空に高く飛んでいくだろう。

太陽が速く昇り、気温が上がる。すると川の水位も上がり始める。滑るように流れる黒い水に黄色と白の渦が加わり、岸辺にできた氷のボビンレースをますます勢いよく舐めていく――そしてついに滝口から城の土台へと飛び出せば、しぶきが上がり、荒々しい咆哮が響く。城の崩壊に向けた最初の揺れだ。

太陽の光は日々、次第に強くなる。氷の脇の丘では雪が消えていく。陽光のなか、取り残された氷の壁だけが浮いている。雪にうち捨てられ、実に頼りなげで異質だ。

城はゆっくりと色を変えていく。滑らかな緑色の氷は太陽の温もりで白くなる。透明の部屋や丸屋根は霧に満たされ霞んで見え、なかにあるものを隠す。霧を被って覆い隠す。なにもかもが白霧をまとい、表面から解《ほど》けていく。内部はあいかわらず水晶のように硬い。もはや氷は大地に稲妻を走らせないが、その光は前よりも白く、静かだ。氷の城は、茶色のくすんだ春の大地にそびえる大きな白い塊となってしまった。崩壊にむけて、霧を被り、みずからを閉じようとしている。

4　溶けゆく氷

シスはまるで溶けゆく湖の氷に立っているようだった。湖は広い灰色の雪原のようだが、あちこちで氷が割れて離れていく。ある晩、湖に黒い亀裂が走った——朝になると、湖はその黒い穴から長く深い呼吸をしている。するとすぐに小さな鳥が一羽やって来て、氷の端からくちばしを浸して水を飲む。やがていくつもの亀裂ができ、大きな筏氷《いかだごおり》がどこにも行けないまま浮いている。湖から川に流れ出るところはまだ氷が張っていて、その動きを止めていた。

シスは滝にある城のことを考えた。遠足の日のできごとは、おばさんとの会話のあと、違ったふうに感じられた。シスの見たものは目の錯覚だったのだろう。あのときはあまりにも気分が高揚していたので、変な思い込みをしたとしても不思議はない。

あの男の子との気恥ずかしい会話のあとでは、城も変わった。要するに、また城まで行ってみたいという気にさせられているのだ。あの男の子との会話は、消えない文字でシスのなかに刻みつけられた。いま以上に、あの子のことを知ることはきっともうない。でも。

男の子のことばが氷の城を変えた——ふたたび、男たちのいたあの晩に戻ったのだ。またあの男たち。やっぱり、城をもう一度見たい。

川がひどく氾濫していると男の子は言った。氷の城は白い。間もなく崩れるだろう。洪水が押し寄せ、氷の城を揺らしている。いまにも砕け散る。シスは心をつかまれた。あそこに行かなくては。

同時にシスは、湖の分厚い灰色の氷に次々とできる亀裂を見た。生気のないむき出しの大地に、灰色の湖が広がる。新緑はまだ先。山には大量の雪があり、そのうち、もっと大きな洪水が来るだろう。そうなれば城は崩れ落ちる。新鮮な香りとかすかな靄に煙るその日——大地が揺れるだろう。考えるだけで、悲しくも、なにか惹かれるものがあった。

学校では互いに歩み寄る気配はなかった。しかしいまこそ、扉を開かなければならない、そしてそれはシスの側からでなければならないという雰囲気がどこかあった。だがシスはいつも通り距離を置いている。

勇気が出ない。そんなシスの机にある日、紙切れがあった。

〈シス、もうすぐまた前みたいになれる?〉

手紙の送り主を知ってしまうのがいやで、辺りを見回すことはしなかった。代わりににシスはさらに深く、机に身を臥せた。

みんなの方が一歩リードしてる?

みんなはこっそりとシスを見張っていた。ときにはあからさまに。ある朝、ブーツでつついたあの男の子がひとり、シスの前に立った。みんなが送ってきたのかもしれないし、自身の判断でやって来たのかもしれない。

「シス――」

シスの視線は意地悪くはなかった。

「なにか用？」

「うん。まだ前みたいじゃないね」男の子はそう答えて、シスの目をまっすぐに見た。

シスは男の子に触れたくなった。あるいは彼にそうしてほしかった。しかしふたりともそんなことしない。

「うん、前みたいじゃない」シスのその身体の反応を否定するような声が出てしまった。「どうしてかはわかるでしょ」

「前みたいになれるさ」男の子が頑として言う。

「ふうん、あんたにはわかるんだ？」

「ううん。でも、それでも、前みたいになれる」

シスは男の子がそう言ったのがうれしかった。シスにえくぼができたが、すぐにやめ、いつものシスを装った。

「だれかに行ってこいって言われたの？」深く考えもせず、シスは愚かにもそう訊いた。〈みんなからそのことを伝えに来たの？〉本当はそう言うべきだったのに。

「違う！」男の子は傷付いたように言った。

「だよね」

「自分で考えて来られるよ」

「うん、わかってるって」

しかし男の子は真剣に怒り、それ以上話したがらず、シスに背を向けてしまった。

この小さなできごとがシスをあと押しすることとなった。すぐにでも、シスは行動に出なければならない。みんなに対して感じる恥を克服し、みんなに向かっての最初の一歩を踏み出さなければならなかった——なぜ恥と感じていたのかはわからないが。

とにかくシスはずっとみんなを遠ざけてきた。前に進もうとするいまこのとき、おばさんのことばが心強い。

シスの気持ちをみんなにわかってもらう機会を、滝の城が与えてくれた。シス自身があの禁じられた話題を取り上げるのだ。氷はいつ崩れてもおかしくないとあの少年は言っていた。川に流される前に、氷の城を見ておきたい。

土曜日の校庭で、緊張する仲間に向かって、これまでとは違うシスが一歩踏み出した。

「ねぇ、提案があるの。明日、氷の城に行ってみない？　もうすぐ、崩れるんだって」

「本当に行きたいの？」だれかが小さな声で驚いた様子で言ったが、肘でつつかれた。

みんなが驚いている。互いを見た。それに氷の城だなんて、口にすることを禁じられていた危険な話題そのものじゃないか。シスになにが起きたんだろう？　みんなの顔にそう書いてあった。

「行ってどうするの？」だれかが訊ねる。

勢いに乗ったシスは、自信をもって穏やかに答えることができた。

「崩れる前にもう一度見られたら、きっと面白いだろうなって思っただけ。見てきた人が、もういつ壊れてもおかしくないって言ってた。いまならもっと変な感じになってるんじゃないかな」最後にシスが付け加えた。

いまも、ひとりかふたりの子がグループを取り仕切っていた。こういうときに発言すべきはこのふたりだ。ひとりはブーツでつついたあの男の子で、シスは驚きをもってこれを受け止めていた。あのときは、どこからともなく現れて、シスに親切にしてくれた。いまではその子が主導役になっているらしい。もうひとりはすぐにシスの後釜に収まった女の子だ。答えたのはこの女の子の方だった。

「からかってるの、シス？」女の子が言った。あまりにも急に来たからだ。

「からかうつもりはないよ」

「シスがそんなこと言うなんて、思ってもみなかったからさ」いまの立場を示すかのように、男の子が言った。

「うん、わかってる」

「あんたがまた本当に仲間に戻ったのかどうか、わかんないじゃない。でもそう言うんだったら――」


学校からの帰り道、みんなのなかにシスはいた。大騒ぎはない。真んなかにシスを囲んで歩いていた。いやじゃない、とシスは感じた。なんでだろう、不思議だな。大人しく家に帰るだけのことが、こんなにうれしいなんて。

「なにかあったの?」家で両親が明るい声で訊ねてきた。ふたりにはすぐすっかり話して聞かせた。機嫌よく帰ってきたことがシスの心を開いていた。

その夜、シスはふたりに挟まれて座っていることに気が付いた。父親が話し出した。

「お前がうれしそうに帰ってくる日を待っていたんだよ」

母親も言った。

「こんな日が来るってわかってた。さもなければ、この冬を乗り切れなかったもの」

シスは両親のことばに身構えたが、ふたりはそれ以上、なにも言わなかった。

やっと立ち直れたのね、とでもふたりが言っていたら、居心地悪くなっていただろう。

もちろん、シスはこの冬、両親を悲しませた。シスもそのことは重々承知している。でもそれをわざわざ両親が思い出させる必要はない。家には喜びが戻ってきていたが、両親と一緒にいるのが気まずいことに変わりはなかった。

5　開いた窓

気の利いたひと言で解放されるほど、世の中、単純ではない。土曜日、夜も更け——みんなで帰ってきたときには高まっていたシスの気持ちも、いまでは萎んでしまっていた。

シスはベッドで横になり、明日に備えようとしていた。明日を前に興奮のあまり、心の準備もできなければ、眠りに就くこともできなかった。緊張と喜びと不安が目まぐるしく入れ替わる。ランプの明かりのなか、目もぱっちりと開いていた。

シスは窓の方を向いていた。薄くて白いカーテンが引いてあった——そのとき、急に片側の窓が開くのが見えた。暗闇に向かって窓が開いた。なに？　それ以外はなにも起こらない。同時に空気の流れでカーテンが外へ小さく揺れた。まるでお腹をひっこめるように。そして辺りはふたたび静まり返った。風はない。でも風だったはず！　フックが掛かっていなかったんだ――しかしシスは自分でフックを掛けた気がした。それに、部屋は二階だ。

窓が夜の暗闇に向かって勝手に開く――意味もなく開くわけがない、とシスは内心考える。

突然シスは胸を鷲づかみにされ、思わず壁の向こうに声を上げそうになったが、なんとか抑えることができた。いまは娘を取り戻した喜びに浸って眠っていてほしい。どうせふたりにはなにもできない。

開いた窓から夜の空気が冷たい滝のように流れ込む。カーテン越しに見える暗闇の空間を凝視する。なにが起こるの？　だれも来やしない。そんなんじゃない。こんなふうに開けて入ってくるものはない。ただ開いただけだ。

シスは身を硬くして声に出した。〈こんなの馬鹿げてる。それくらい、私にだってわかるんだから。勝手に窓が開くなんて絶対ありえない。ただの空想。きっとフックが掛かっていなかったんだ。たぶん、ちょっと風が吹いたんだ、気付かなかっただけで〉

しかし理由もなく窓が開くのを目にするのは、気持ちのよいものではない。なにが本当で、なにが空想なのかわからなくなる。

シスは緊張しながらもじっと横たわっていた。ショックで麻痺しているわけではない。さらになにか起きても、それを受け入れる覚悟をしていたのだ。以前の状況がぶり返してきたシスは、暗闇になされるがままだった。

シスは闘っていた。明日は私の最後の日、そんな思いがシスのなかを駆けていく。だから窓が開いたんだ。きっと明日、氷の城のところでなにかある。氷の城でなにかが起きるだろう。恐怖のなかには、厚いと思っていた湖の氷が足元で崩れていくときに感じるようなものもある。シスは奇妙なほど、手足が自分のものでない気がした。

この遠足を思い付いたのは私だ。みんなはすぐ話に乗ってきた。でも明日になると、氷の城でなにかひどいことが起こってしまう。

最後の日だ。あの巨大な白い氷が打ち震えている。川がぶつかり、崩壊する。

シスには目の前に見えるようだった。シスのような経験はだれもしていない――それなのに全員が興奮して走り回っている。みんなあちこち登りたがり、てっぺんまで、氷の丸屋根まで行こうとする。恐ろしいほどの瀑声のなか〈危ないよ！〉と叫ぶが、声は届かず、みんなはてっぺんまで登っていく。そして結局、そのなかで先頭を駆けているのはシスだ。みんなは危険なところを身振り手振りで知らせ合い、さらに登る――そのとき、いずれ来るとわかっていた瞬間が訪れる。城と川が待っていた瞬間。川がずっと孕んでいたこのとき。さあ、崩れる。みんなはその上に立っている。みんなをこの悪夢に連れ込んだのはシスだ。足元では氷の城にひびが走り、大きく揺れ、みんなを載せたまま、川の勢いに押されて、泡立つ川の流れのなかへと崩れ落ちていく。それで終わり。ずっとシスにはわかっていた。あの男たちが暗い悲しみの歌を抱えてあそこに立っていたときからずっと。

開いた窓をじっと見つめているあいだに、シスの頭のなかでこのストーリーができあがっていった。話を作る必要はなかった。目の前に見えたのだから。明日起こることがシスにははっきり見えていた。パニックに陥ることなく、まるで無関係の人が見ているかのようだ——シスだってそこにいるのに。

明日、こんなことをさせるの？

私が？

そんなばかな！

静かな暗闇の向こうに息吹のようなものが感じられる。窓に行って閉めようとはしなかった。もう暗闇は怖くない。だからといって、そう簡単に窓を閉めることもできなかった。

もう暗闇は怖くないんだから。シスは別れのとき、おばさんにそう言った。そしてその瞬間、シスの恐怖は消えていった。

でもやっぱり、たぶん暗闇が怖い。窓まで行って、閉める気にはなれない。洋服だんすには上着が掛かっている。ぽっかり開いた窓からの冷気で凍えないよう、シスは上着を取りに行ってベッドに被せた。窓に背を向けることはできない。明かりを消すこともできない。暗闇のなか、ぽっかり開いた窓があると思うだけで、耐えられない――シスは横たわったまま、そこをじっと見つめ続けていた。そのあとのことはなにも覚えていない。

6　木管奏者

太陽が本気を出すまでは、日曜の朝は刺すような寒さだった。シスが家を出て歩くと、湿った草地では、凍った地面がところどころ、さくさく音を立てた。滝と城への遠足は明け方、朝早くに集合することになっていた。

振り返って家をじっくり見るなんてしない――動けもせず、眠れなかった夜はそれほどあとを引いていなかった。私の最後の日？　冗談じゃない。朝になると、見方も変わった。

しかしシスには緊張の朝だった。

さくさくと音を立てていたのは、四月の寒夜、草の根元にできた、壊れやすい銀細工ほどの氷だった――もう水がひと所に留まることはなく、どこもかしこも瑞々しさに溢れている。生命力に満ち、どの小川も勢いよく流れていた――なぜかしら週末の朝は、いつもより川のせせらぎがはっきり聞こえる。大きな湖は溢れんばかりの水を湛え、大小の氷が浮かび、岸辺は黒く、すっかり生まれ変わったかのよう。ここまで聞こえてはこないが、遠くで大きな川が力強く流れ、音を響かせている。

川の響き。そこにあるのは知っている。心を震わせながら、いまそこに向かおうとしている。

なにかが盛り上がってきている。やむ気配はない。興奮を呼び覚ます生の大地の香り。そのなかを歩いていると、心が震える。そこには感情を揺さぶる木管奏者たちがいて、シスを悲しくもうれしい魔法のなかに織り込んでいく。

われわれは木管奏者。魅せられれば、逆らいはしない。

辺りは芽吹く前の新しさ。流れる水に突き出た岩。まるで静かに掲げた斧のよう。

われわれが早くたどり着けるよう、時を断ち切ろうとしているみたいだ。われわれを待っている。とぼけた小鳥が岩にぶつかり、下草に落ちるが、ふたたびふらふら舞い上がり、もう二度と姿を見せない。

われわれを待っている。

気が付けば、白樺の木々のなか。旅し、ここまできた。みんなが待っている。許されたわずかな時間をここで過ごす。

鳥が一羽、頭上を飛んでいく。湖に突き出た、樺の木の岬。われわれに許されたわずかな時間。


シスは心のなかで言う。

今日、私はみんなのところに戻る。

だからなの？

だからってなにが？　まるで壁に向かって訊ねているようだ。

完全にははっきりしない。

待ち合わせ場所にみんなよりも先に着けるよう、シスはとても早くに家を出た。先にいる方がシスにとっては楽だろう。みんなから離れ、心を閉ざしてきた自分がみんなのところに戻ろうとしている——だから、やって来るみんなをひとりずつ出迎えたかったのだ。みんなが集まっているところに真っ直ぐ歩いていくほどの勇気は持ち合わせていない。

しかし、一番乗りを考えていた人がもうひとりいたようだ。到着すると、すでに口数の少ない主導役の女の子が待っていた。シスが学校でひとりきりで過ごすようになってすぐ、ひと言もなく、だれにもなぜかわからないまま、この子がみんなをまとめるようになっていた。元気なしっかり者で、すぐに受け入れられていた。ひと冬、シスはその様子を見てきており、その子と遊びたい気持ちが芽生えていたが、決して近づくことはなかった。いまシスは女の子に向かって歩いていき、おはようと穏やかに頷く。そして言った。

「もう来てたの？」

「こっちの台詞だよ」

「みんなが来るとき、先にここにいる方がいいと思って」シスが率直に言う。

「その方があんたには楽だよね。そう思った。だから私も早く出てきたんだ。ほかのみんなが来る前にあんたと話したかったから」

「なにを？」訊かない方がいいとわかっていながら、シスの口から思わず出た。

「だからね、あのこと」

ふたりは試すように互いを見た。相手は自分を嫌っていない。観察し合うふたりは、互いの気持ちに気付いた。人恋しい気持ちをシスは押し返した。とりあえず、それは脇に置いておく。自分が優位に立っているわけではないことも、シスは承知していた。しかし相手の女の子は彼女らしくない緊張した面持ちだった。いつも落ち着いていて穏やかなのに。

「昨日あんたと一緒に帰ったとき、みんな、すっごくうれしかったんだよ、シス。

みんなの顔を見てたらよくわかったもん」

シスは黙った。「あんただってうれしかったでしょ」

「うん」小さくシスが言った。

「でもだからといって、全部許すわけじゃないからね」女の子は努めて厳しくしようとしていた。

「許すってなにを？」

「わかってるって思うけど。みんなが来るまでに、これだけはふたりで話しておきたかったの」

厳しさが増した。女の子が続ける。

「この冬は楽しくなかったよ、シス」

シスは赤くなった。

さらに続く。

「なんであんなだったの？」

「だれかに対してってわけじゃない。そんなんじゃない――」シスは口ごもった。

誓ったのだと言いかけたが、思い出した。女の子は十分すぎるほどわかっているはず。誓いのことは、もうだれもが耳にしていることだろう。ここでは役に立たない。シスを惹きつけているその子が言った。

「あれは私たちにも向けられてるって思ってたよ、みんな。一緒にいることだってできたんじゃないの？」

主導役の女の子の目が鋭くなっていた。シスは頭を引っ込めて答えた。

「できない気がしたんだもん。だから無理なものは無理」

「あんた、あの子がしてたのとまったく同じように立ってたよ」

シスはびくっとして言った。

「ウンのことは言っちゃだめ！　あの子のこと、なにか言ったら、ただじゃ――！」

今度、赤面して気まずそうに口ごもったのは主導役の子の方だった。

「ごめん。そんなつもりじゃ――」

女の子は素早く体勢を立て直した。自分が率いているグループには、この件についてなんら恥じるところはないとわかっている。教室でシスが試しにやってみたとき、シスにも伝わっているはずだ。女の子は姿勢を正し、穏やかにシスを見つめた。シスは相手の発するものを感じ、その子の強さがわかった。彼女の力は隠れていただけで、この冬、それが開花したのだ——ブーツの男の子と同じだ。

「さっき言ったこと、気にしないで」女の子が言った。

「うん」

「絶対だよ？」

シスは頷いた。

この子の家に行ったり、うちに呼んだりしたい、とシスは思った。

女の子は気を付けながら訊ねた。

「あそこでみんなに見せたいものってなんなの？」

「氷のところで？」

「うん、きっとなにかあるんでしょ」

「あるよ。でも説明できない。自分たちで行ってみなきゃ」シスは困ったように答えた。

「あんたのその言い方、なんか変な感じ」

「うん、だってあんたたち、見てないでしょ！　あの晩、みんなあそこにいなかったじゃないの！」

「うん」女の子は恥ずかしそうに言った。

静かになった。ふたりはそこに立っていた。ここにまだ長く立ち続けることになるだろう。

「みんな、もうすぐ来るよね」女の子が言った。

「うん」

「ねえ、どうしたの？」

シスは普段と違って、少し落ち着かなげだった。これまであまりよく知らなかったその子を見た。ふたりは同い歳。私たちはきっと一緒に鏡を見ることになる！とふと考える。〈ねえ、どうしたの？〉だって。心はぐらついているし、おまけに、また前と同じように、この子に魅せられているちょうどいまこのタイミングで、この質問だ。

シスが言った。

「うん、あの――」

女の子は待っていた。

シスが話し出した。

「あのね、難しすぎるの、いろんなことが」

「だよね、シス」

まるでなんでもないかのように。〈だよね、シス〉ただそれだけ。それでも心にまっすぐ届いた。この子ともっと仲良くなりたい。

その瞬間、暗い予感がよぎった。シスははっとして、突然言った。

「でも、うちに来ちゃだめ！」

「え？」

「私もあんたのところに行かないから！」

「なに？」

「でなきゃ、また前みたいになってしまう」シスは荒々しく言った。

主導役の女の子がシスをしっかりとつかんだ。

「行っちゃだめ――私たちがついてるから。ここにいて」

シスは、その救いの手に強くつかまれる感触だけを感じていた。

「聞こえてる？」

「うん」シスが言った。

その強い女の子は手を離した。こういう瞬間を長引かせるのはよくない。シスはなかば振り返るようにして柳の枝を引っ張り、芽を摘み取ってみる。それでも木立のすぐ後ろで声がすると、解放されたように感じられた。

厳しい女の子が早口で言った。

「やっとだれか来たみたいだね。よかった――」

「うん」
三、四人が楽しげな声でやって来て、ふたりの会話は終わった。
「やっほー、シス」

「やっほー」

みんなをひとりずつ迎えるというシスの計画は失敗した。主導役の子がいたからだ。残りの子たちもやって来て、みんなは出発した。


口数の少ない女の子はもうなにも言わず、みんなのなかに混ざっていった。先頭を男の子が歩いている。その子がだれなのかシスには言うまでもなくわかっていた。しばらくして気が付けば、シスはその男の子の横を歩いていた。あるみじめな日に、シスをブーツでつついた子だ。あの日以来、仕切り役になっている子。また別の機会にもときどきシスのところに来たが、ブーツのあの日のようではなかった。

シスはとにかくなにか話そうとして、思わず言った。

「近道を知ってるのはあんたなの？」

「うん」男の子が短く答えた。

「この辺よく通るの？」

「ううん」男の子は恥ずかしげに、否定して言った。

シスは歩を緩めて後ろに下がった。

今日の私、いったいどうしたの？


みんなは森のなかを一筋の線になって歩いていく。離れてはまた一本に戻る線だった。

みんながシスを中心にしようとしてくれる様子に、シスは恥ずかしくなった。しかしいやではなかった。あの厳しい女の子はずっと離れたところにいて、偉そうな素振りはなにも見せなかった。ほかの子たちはシスに寄ってくるが、あまり話しかけたりはしなかった。これは神聖な旅で、みんなもそれを理解しているとシスに示そうとするかのように。

騒ぎ出す者はいない。騒ぎたがる子はいても、周りが止め、その子にもわかる沈黙で対応した。みんな、これが偲ぶ旅だとわかっていた。

氷の城がシスにとって特別ななにかだということは、みんな理解していた。シスはそこに向かい、みんなの同行を望んでいる。これにはなにか意味があるのだ。みんなはこのことを受け入れ、これが遠足などではなく、神聖な旅であることを意識していた。

さて最初の谷までやって来た。

今日は小さな谷をいくつかまっすぐ越えていく。陽の光は強くなり、下草や色褪せた去年の枯れ草を温めていた。まだ小さかったころの清らかな朝のような匂いがし、それがいま、自分のなかで厳かに心を鎮める。この世には、理解しきれないことがどれほど溢れていることか。この匂いのなかにもその要素があった。しずしずと歩いていたが、木管奏者たちのかすかな音にみんなの瞳が輝いていた。

シスはみんなに囲まれていた。端に行こうとすると、そんなシスの周りになぜかまたみんなが集まる。きりっと立つ、静かな主導役の女の子の方をシスは見た。〈ここまでしてくれなくていいのに〉

最初の谷。そこからまた斜面を登る――その丘から遠くに滝が見えることは知っている。だからみんなは急いで丘を上がっていった。

確かに見えた。はるか遠く、黒い春の大地に巨大な白い氷の城が立っていた。まだ大洪水で崩壊してはいない。

シスはみんなの目に気が付いた。

「ここでちょっと休まない？」シスが訊ねた。

シスにその必要はなかったし、この元気いっぱいのグループにも休憩が必要な子はいなかったが、みんなは少し腰を下ろして、城と滝に目をやった。

どこか変だったのだろうか。先頭の男の子がシスの前に立ち、明後日の方を向いて訊いた。

「ここで引き返す？」

シスはどきっとした。

「え、引き返すって？」

男の子はなにかを見たのだろうか。私、なにかから逃げようとしてる？　だとしたら、なにが怖くて？　シスにはよくわからなかった。

「なんでそんなこと訊くの？　引き返したりしないよ」

「うん。じゃあそしたら、もう行こうよ」

「いいよ」

グループはまだ緊張が解けていない。相変わらず、いつもと違う雰囲気に飲まれたままだ。そんな調子で小さな隊列は次の谷を降りていく。斜面は急だ。すぐに見晴らしは失われた。

今回はシスのため。

みんなは静かに密やかに歩いていた。日ごろ、校庭でみんなを見ていた人は、これが同じ子どもたちだとは信じられないだろう。

もうすぐだ――

もうすぐってなにが?

シスはふたつ目の谷底で緊張してきた。この旅がどこへ向かっているのか、そしてもう逃げられないことがシスにはわかっていた――しかしいま自分が絡め取られているところにこそ一番いたいのだとシスは思った。

これからなにが起ころうとしているのか、シスはどきどきしながら自分に言い聞かせる。

いまから、私はみんなのところに戻る。

この谷間の小川も、跳べば渡れるほどの幅だった。みんなはそこを飛び越えた。足を止めることなく、また丘の斜面へと急ぐ——上では、さらに近づいた目的地が改めて見えるだろう。

厳かに歩きたいところだが、丘の頂上までもうひと息のところは、みんなほとんど駆け足だった。氷の城の崩壊前にたどり着かなければ、と言わんばかりである。心配気味に駆けていく。

ここで滝の音が聞こえてきた。この急斜面の下まで届く音はまだ大きくはなく、柔らかく響いてくる。

丘からは、さらに白くなった城が目に入ってきた。まだまだ離れたところにあるが、それでも巨大だ。この春の世に不釣り合いなものが痛々しい姿でシスの前にそびえ立っていた。

みんながシスを見守っている。丘からの光景がみんなにそうさせていた。主導役の女の子がシスのところにやって来て、小さな声で訊ねた。

「引き返したい？」

シスはここを恐れているということが、みんなのなかに叩き込まれているのだろう。こう訊かれるのは、これで二度目だ。

「ううん、なんで？」

「さあ――シスの様子がちょっと変だったから」

「ううん、あんたの気のせい。みんなも行きたがってるでしょ」

「あんたの旅なんだよ、これ全部。わかってるよね」

「うん」シスは認めた。

「だから、ここで引き返すんだったら、私たちも一緒だよ。本当はそうしたいんじゃない？」

「ううん、そんなことない。大丈夫」

しっかり者で明快な主導役の女の子のことを、シスは途方に暮れて見つめた。氷の城でのシスの記憶について彼女は知る由《よし》もない。

「じゃあ、行くんだね」と言うと、女の子はみんなの方に身体を向け、いますぐ滝に向かって出発して、そこでお弁当を食べようと声を掛けた。

三つ目の谷でのこと。だれも先へ先へと走り出さない。やはりこの神聖な旅は侵されていなかった。

三つ目の谷間には茂みや木立があり、地面は凸凹だった。一団は、気が付けば、ばらばらになっていた。春の小川が深い淀みを作り、泡を立てながら流れている。

シスは茂みの後ろでひとりになった——するとすぐにだれかがシスのそばに来た。先頭を歩いていた男の子だった。もう先頭にはいない。男の子の目を覗き込むと、いつもよりきらきらしているのが見えた。急いでシスが訊ねた。

「どうしたの?」

「べつに」男の子が言った。

シスはずっと男の子の視線を感じていた。男の子が言う。

「だれも、ぼくたちのこと、見てないよ」

シスが答えた。

「うん。世界中のだれも」

「川を飛び越えよう」

男の子がシスの手を取ると、ふたり一緒に小川を飛び越えた。なにかくすぐったかった。そしてそれで終わり。男の子は渡ってからも数歩、シスの小指を握ったままだった。それもくすぐったかった。男の子はシスの指が自分の手のなかで軽く食い込むのに気付いた。シスの指が勝手に動いたのだ。

ふたりはすぐに離れ、茂みをさっと回ると、ほかの子たちのなかに混ざっていった。

滝の麓にたどり着くと、圧倒されるようだった。淡い白色の氷の塊に大洪水の滝。滝からは冷気を含んだ風が吹いている。みんなはぎりぎりまで近づいた。服は水しぶきであっという間に色が変わり、鈍く光った。城の真ん中から水煙が上り、そして下へと降り注ぐ。空気が震えている。

みんなは互いに向かって口を開くが、なにも聞こえない。熱心にぱくぱくする口が見えるだけだ。ひどく濡れ、そしてあまりの迫力に、みんなは話のできるところまで退いた。

シスの周りに輪ができる。ここまでシスを連れてきた。それもちゃんと連れてくることができた――そんな表情でみんなは立っている。みんなはここの力に、辺りのなにもかもに、心をつかまれていた。

シスはここに立っていた男たちのことばかり考えていた。瀑声のなかで、あのときの悲しみの歌が聞こえてくる。そう。シスの記憶は徐々に変化し、形を変えていた。いまのシスには、男たちの歌う姿がはっきり見える。

でも、それはもう終わったこと。じゃあ、なんの意味もなかったってこと？　違う、違う、そんなことない。あの晩、ここにいた男たちは、ここでのことを決して忘れやしない。

それでも氷の城はもうすぐ失くなり、荒々しい滝だけが残る。以前通り、だれのことも気にかけず、空気を満たし、大地を震わせ、決して終わることのない滝へと戻るのだ。

なにもかもが前みたいにね、シス。

抜け出すことのできない思いに胸を痛めていると、だれかがシスの腕を引いた。

「シス、お昼にしない？」

「いま行く」

シスは目を覚まし、輪になった親しげな顔を見た。みんながシスをその輪に加えたいと思っていることを顕わにしていた。みんなはかしこまった態度をこれまでとした。

少しして一団は、水煙のなか急な坂を氷のてっぺんに向かって駆け上っていった。その坂からは、城が石や木の周り、地面の隙間に大きな氷の爪を突き立ててしがみついているのが見えた。それでも、滝にはこの城を引き剥がす力がある。崩壊の行程はすでに始まっており、いまこのとき最高潮を迎えているに違いないのだが、見た目にはそれがわからない。想像を越えた力比べが片時も緩むことなく行なわれていた。

城のてっぺんの氷は、ほかのところと同じだった。白く、太陽に侵食され、透明の部分はない。

「てっぺんまで行けると思う人！」だれかが重低音のなかで叫んだ。

シスは驚き、家のベッドで考えていたことを思い出した。

「行っちゃだめ、危ないから」シスが言うが、瀑声のなか、だれにも聞こえない。

「うん、行ける！」先頭を行く男の子が叫び、シスの目の前を走っていった。

全員が氷へと突進した。シスも駆け出し、気が付けば氷の上にいた。足を氷に乗せたその瞬間、足元に揺れを感じた。

「なにか感じない⁉︎」シスはできる限りの声を上げた。だれもなにも聞いていない。

全員が同じように大声で叫んでいた。すべてが雑音にしかならない。

「ひゃっほー！」だれかが叫んだ。あまりにも激しい叫び声で、まるで引き剝がされた氷の城の上に乗り、沸き立つ泡へと下に向かって船出するかのようだ。ひゃっほー！

みんなの目は、いままで見たことのないきらめきを帯びていた。ここで氷の上を、丸屋根のあいだを、溝のなかを四つん這いになってうろつきまわる。みんなも少しは用心していた。危険がまったく見えていなかったわけではない。もし大人が付き添っていれば、ここで遊ぶなんて絶対許してもらえないとわかっていた。シスもうだれにも注意しなかった。目をきらきらさせて、みんなと一緒になっている。そこにひびが走った。

ガギーン！　一行の足元で音がした。破裂か、打撃か、なにかそんな音だった。大槌で叩く鐘のような音。確かにひびが入った。滅亡を思わせる地割れのような音をさせて。城のどこかが崩れた。氷の城は恐ろしいほど張り詰めたなかに立っている。これが最初の死の宣告だった。

滝の大きな音を凌駕する。

てっぺんにいた子たちはみんな顔色を失くし、ほうほうの体《てい》で硬い地面へと移った。大破するいざそのとき、氷の上に乗っていたくはない。死にたくない。

いや、だめ！　シスもなんとか逃げおおせた。しかし、夜中シスの見たことにあまりにも似ていた。

安全な地面に移ることができると、みんなは氷の城の最期の瞬間を見ようと足を止めた。なにも起こらない。それ以上はなにも起こらなかった。氷は立ったままだ。ただ内部でガギーン！とひとつ鳴っただけで、そのあとは静まり返っている。川はこれでもかと、常に新しい水をどんどん流してくるが、城はその流れに逆らって立ち続けている。

少し冷や汗をかきながら、みんなは城の下の地面までまた降りてきた。そして首尾よくいったことで、少しいい気にもなっていた。話のねたができた。でもまだ飽き足らない。氷の城がいまもみんなを虜にしている。みんなの目もまだきらきらしていた。

みんなは光る目をシスにも向けていたが、シスの立場からはそれに応えることができなかった。上でのシスの興奮はすっかりなりを潜めた。もうここにはいられないということが、みんなにはわからないの⁉　いや、だれもそう感じていなかっただろう。

無理もない。みんなにとって、これは冒険だった。

　みんなはシスの表情を読んで、がっかりしただろうか？　しかし、ここにいることがどんなに難しいことなのか、みんなにはわからない。永遠に続く瀑声は天と地を満たすのに、シスの心にできた穴をたったのひとつも満たしてはくれない。みんなにはそれが通じず、冒険ばかりに日が行き、瞳をきらきらさせている。

　少しして立ち上がると、シスが言った。

「ここにはいられない」

　だれも理由を訊かなかった。

　主導役の女の子がシスのところにやって来て、訊ねた。

「帰るの？」

「ううん。ほんの少しだけ、あっちに行ってくる。少し離れたい」

「うん。あとからすぐ、みんなで行くよ」

　シスは木立のなかへと、あとからみんなも通る帰り道を、ゆっくりと歩いていく。

〈ううん、みんなから離れていくんじゃない。
いま、私はみんなのもとにたどり着いたところ〉

シスは木立と茂みのなかに入っていき、石の上に腰を下ろした。雑木林は裸のままで、細い木々がずっと向こうまで続いている。シスは崖の麓にいたので、滝の音は少し弱くなったが、それでも滝の威力に空気が震えていた。荒々しく、永遠に。いつまでも新しく、どこまでも。

今日、みんなが自分をどれほど大切に扱ってくれたかを考えていた。あとからみんなが来たら、私も振る舞いを改めなければ。でもどんなふうに？

石の上に座ったまま、想いは行ったり来たりする。シスは、後ろで大きな音を立てて崩れ落ちるのを待っていた。しかしなにも起こらず、ただ単調な滝の音だけが聞こえてくる。

それでも氷の城は、終わったんだ。

なにもかもここで終わる。そうなるしかない。

今日、私は本当に誓いを解く。

おばさんのおかげで私はそうするんだ。おばさんがいなかったら、こうはできなかった。

本当にそうしていいのかは、まだわからない。

でも解放されたい。

おばさんには感謝している。

おばさんがどこにいるかわかったら、手紙を書こう。

長くひとりで座っていたわけではない。みんなではなかったが、雑木林の柔らかな地面に乾いた枝が音を立てた――シスのなかに二本の筋が流れ、きらめく。女の子と、あの男の子だ――やって来たのは、あのふたりだった。

シスはすくい上げられた気がした。立ち上がる。シスの頬に赤みが差す。そこにはふたりがいた。

7　城が崩れる

氷の城の最期を目にする者はない。それは夜半、子どもたちがみんな寝床に入ったあとのことだ。

そのときを目の当たりにできるほど繋がりの深い者はいない。無音の混沌の波は遠く寝室まで空気を震わせるだろうが、目を覚まして〈いまの、なに?〉と訊ねる者はない。

だれも知らない。

さあ、氷の城が崩れる。秘密やなにもかもを抱え、滝に身を委ねる。荒々しく崩れ落ち、そのあとは無。

肌寒い薄明かりの春の夜、だれも見ていないときに起こる怒濤の崩壊。無に向かって凄まじい音を立てながら、奥の留金から引き剝がされてゆく。つかむ手を離し、去り行くほかないその最期の瞬間、死ぬる氷の城は唸り声を遠くまで響かせる。ああ、もはやこれまで、と言うかのように荒々しく崩れていく。

水圧を受けて全体がひび割れ、滝の泡へと落ちていく。大きな氷の塊はぶつかり合い、さらに潰れ、川の流れが造作もなくさらっていく。氷は堰となり、また堰を崩し、岩に挟まれた広い川をどっと下り、流れに乗り、カーブの向こうですっかり見えなくなる。氷の城全体が地上から消えてなくなる。

あとに残された川岸には削り跡や傷。岸辺の石はひっくり返り、木は根こそぎ倒されている。しなる木の枝だけはその樹皮を剝ぎ取られる程度で許される。

氷の塊は速度を上げ、だれに気付かれることもなく、裏に表に返されながら下の湖へと流れ込む。人々が目を覚ますころには、湖面のあちこちに広がっている。割れた氷は一角を湖面に突き出して浮き、流れ、溶け、そして消えて失くなる。

訳者あとがき

タリアイ・ヴェーソス（一八九七―一九七〇）は、二十世紀のノルウェー文学を代表する作家である。小説が主だが、詩や劇でも知られており、三十回にもわたりノーベル文学賞にノミネートされた。最も有名な作品は、長篇『鳥』と本作『氷の城』、そして短篇集『風』である。ヴェーソスは、南ノルウェー、テーレマルク県の自然豊かな町ヴィニエで生まれ、一生をそこで過ごした。若いころは、国から奨学金を受け、ヨーロッパを廻り、ヨーロッパの舞台芸術、音楽、文学に影響を受けた。ヴェーソスの作品はノルウェーの田舎を舞台としていながら、普遍性に満ちている。ヴェーソスは、ノルウェーの田舎にしっかりと根を下ろした世界人なのだ。難しいことばを使わない日常の語り口でありながら、深い、人間的な感情や問題を取り上げる。一見やさしく見えるが、選び抜かれた決まり文句や表現には単語の意味以上のものが含まれ、なぜか読む者の琴線に触れる。そして自然との強い結びつきが感じられる彼の作品は、読者を独特な神秘の世界へと誘う。

『氷の城』を味わうために

物語は冬のノルウェーを舞台に展開していく。この作品を味わうために知っておいていただきたいことがいくつかある。北極圏を北へと貫く長細い国、ノルウェーの冬は、寒いばかりではなく、暗い。太陽の見える時間が短く、北の方ではクリスマスのころになると太陽がまったく昇らない日々が続く。南にあるヴェーソスの故郷テーレマルクでさえ、十二月も半ばを過ぎるころには午前十時ごろに日が昇り、午後二時ごろにはもう沈む。ここで育つ子どもたちは暗いなか登校し、放課後は外灯の光のもとで遊ぶのである。一方、夏になると、北では太陽が二十四時間沈まない白夜となり、聖ヨハネ祭である六月二十四日、つまり夏至の前後は、白夜とまではいかないヴェーソスの故郷でも、夜は明るく、日は沈んでも、暗くならないうちに、また夜が明ける。夏と冬で生活が大きく変わり、それに伴う人々の感情が、文学を始め、美術や音楽にも反映されている。行方不明になったウンの写真が「夏のウン」であることに人々はどこか魅力を見出しているが、ここにも、夏を待ち焦がれる冬のノルウェー人の思いが読み取れる。

氷の割れる音。この音は激しい爆発のように聞こえるが、人を怖がらせるものではない。氷の割れる音が聞こえるのは夕方ごろから夜にかけて、気温が落ちるとき。湖の近くに住んでいる人ならだれにでも馴染みがある音で、「スケート遊びの季節がやってくる！」と期待が増し、うきうきさせられる。氷には温度が低くなるにつれて体積が縮む性質がある。氷は湖岸にがっちり固着しているため、沖の氷が縮む際にひびが入り、裂き割れ、大きな音がする。氷の温度が十度下がると、十メートル当たり約五ミリ縮むという。

湖の氷が張るとき、風も雪もなければ、「鋼氷」と呼ばれる極上の氷ができる。この氷は透き通っていて、とても硬い。真水の鋼氷は、厚さが五センチあればスケートができる。しかしその上に雪が降ると、スケートにもってこいだった氷は質が落ちてしまう。いくら雪をどけても、表面はざらざらし、鋼氷の滑り心地はもう失われてしまう。雪は毎年降るが、鋼氷ができるのは数年に一度。『氷の城』で初雪が降ると聞いて教室の子どもたちががっかりしているのも、極上の遊び場だった鋼氷がもうなくなることを知っているからだ。

木造の家が外の寒さによってぱちぱち鳴るのも、実際に起こることで、家の内と外の温度差が原因。極寒の印である。

しかし雪が降るのは寂しいばかりではない。雪遊びやスキーができるし、夜は星や月明かりの反射で、真っ暗だった辺りがうっすら明るくなる。寒さに縁のないところの人にはピンと来ないかもしれないが、雪には断熱効果があり、雪が積もると下の土は冷気が遮られ、そこに生える植物は雪の毛布によってもっと厳しい冬の寒さから守られる。

読者のみなさんは、氷の城でウンが部屋から部屋へ、奥へ奥へと入っていく場面を読んだとき、どのように感じただろうか？　冒険心がくすぐられた？　それとも恐怖に襲われた？　ウンが通り抜ける入口で、滴り落ちる水がすぐ凍るという描写があるが、これが我々に教えてくれるのは、やがてその入口が閉ざされていくということ、そして出られなくなるということだ。冷たい氷の城のなかへ、部屋から部屋へと入っていくウン。それも途中で上着まで脱いで歩き続ける。子どものころから寒さの恐ろしさについて聞かされてきたノルウェー人にとって、この場面は我慢できないほど恐ろしい。

雪降るなか、シスが捜索隊と一緒にウンを探している夜、大人の誰かがシスに言う。

「もう、家にお帰り、シス。へとへとだろ。お母さんも家で待っているし」。そのあと作家は次の文章を付け加えている。「ひとり戻されたとしても、帰り道に問題はない」。この最後の付け足しは、一見、余計な文に思えるかもしれない。もっとあとで、友だちに誘われて氷の城へ行くシスが、ひとりそこに残ろうとするとき、仲間にこう言う。「大丈夫、帰り道は自分で見つけられるから。スキーの跡もあるし」。そして加える。「だから、帰るのは私の方が先ね」。シスの言わんとするのはこういうことだ。みんなが戻ったときには、自分も戻っているはず。もしいなければ探しに来てくれればいい、と。そう言って仲間を納得させているのだ。このふたつの場面は、実はノルウェーの常識に逆らっている。人口が少なく、厳しい大自然に囲まれたノルウェーでは、子どもがひとりで山を歩くことはほとんどない。いざ、なにかが起こっても誰も通らないかもしれない。山を行く誰もが承知しているルールだ。ヴェーソスは、このように書かなければ、山慣れしたノルウェーの読者にはどこか納得できない部分が残ると考えたのだろう。

ノルウェーの民間信仰を連想させるシーンを盛り込むことで、『氷の城』はノルウェー人にとって一層、神秘的に映っている。例えば、捜索隊の男たちは、初めて氷の城を見るや、その魔力に惹きつけられる。これはノルウェーの民話に出てくるトロールや魔法使いの城の魅力を思わせる。ウンを閉じ込めた城の壁を男たちは棒で叩くが、その場面もまるで「ひらけごま！」とでも言うかのようである。ノルウェーの民話にもアラビアンナイトのこの有名な場面に似た要素をもつ話がいくつかあり、山の岩壁を棒で叩けば、山が開き、そのなかは豪華な魔法の城であったりする。トロールという山に住む鬼のような怪物が美しい女性をさらって岩のなかに閉じ込める話もお馴染みのパターンだ。ヴェーソスの氷の城にも、おとぎ話に出てきそうな超自然的ななにものかが住んでいるかのようである。懐中電灯の光に照らされ、氷の城は、あたかも宴会を催しているかのような情景に変身する。ノルウェーの民話では数字の三と七が魔力をもつ数とされているが、ウンは七つの部屋を巡り、シスは城を三度、訪れる。ウンが城の部屋から部屋へと入っていくことや、シスが氷の城を数回にわたって訪れることは、ふたりの心理的成長の段階を表す重要な繰り返しである。

捜索隊が氷の城を前にすっかり魅了されて不思議に振る舞う場面を、シスはあとで思い出す。ウンが現れて「あなた方が探しているものはここにあらず」と言うのを待っているかのようだったとあり、聖書の奇跡的なシーンを連想させる。イエス・キリストは十字架に架けられ、墓に入れられたあと復活する。墓の手入れにやってきたマリア・マグダレナの前に天使が現れ、イエス・キリストはもうここにいないと告げる。復活祭のこの場面はノルウェー人の誰もが知っている話で、奇跡と神秘に満ちている。

「雪上の黒い虫」という章に登場する虫は、北欧の長く寒い冬の終わりに見られる、最初の春の兆しだ。ここで登場する虫とはトビムシの一種で、ノルウェー語では snølopper。直訳すると「雪トビムシ」、一ミリほどの黒い虫である。この虫は雪解け前、一時的に寒さが和らぐといっせいに姿を現し、雪一面を覆う。その最高密度は一平方メートルに一万匹と、まさにこの章に書いてある通りだ。しかしこの生き物はあまりにも出番を急ぎすぎるため、次の寒気《かんき》でみな死んでしまう。春のもたらす希望と同時に、命のはかなさ、自然の残酷さを象徴している。

ニーノシュクとブークモール

ヴェーソスの文語について少し触れたい。ノルウェー語には、ニーノシュク（nynorsk 新ノルウェー語）とブークモール（bokmål 書籍のことば）と呼ばれるふたつの公用文語があるが、ヴェーソスはニーノシュクを使用している。デンマーク語由来のブークモールに対し、ニーノシュクはノルウェーの方言を基としている。現在ノルウェーでは、ブークモールの使用者は約八十五%で、ニーノシュクを使うのは、十五%である。

たかが人口五百万人によって話されているノルウェー語に文語がふたつあるのには訳がある。昔、アイスランドやノルウェーにはヴァイキングの文学「サガ」に代表される文学の文化が栄えていた。しかしその後ノルウェーはおよそ三百年にわたりデンマークに統治され、ノルウェーの公文書はすべてデンマーク語で書かれるようになった。ノルウェー語とデンマーク語は言語的には近いので、ノルウェー人はそれぞれの方言を話しながら、書きことばにはデンマーク語を用いていた。一八一四年にデンマークからスウェーデンに割譲され、一九〇五年に完全に独立するまでの百年弱、ノルウェーはスウェーデンとの同君連合下にあったが、この間、国民感情が育ち、独立の願いが強くなっていった。劇作家のヘンリック・イプセンが、ヴァイキング時代の英雄を戯曲の主題とし、作曲家のエドヴァルド・グリーグがノルウェーの民謡的要素を作曲に取り入れたのも、このような社会の動きを背景としている。そして、ノルウェーで実際に話されていることばを基とした文語がほしい、という言文一致運動が芽生えていくのである。ヴァイキング時代の古ノルド語と呼ばれる文語は、もうすでに当時のノルウェー語から遠ざかっており、採用することはできなかった。そこで言語学者のイーヴァル・オーセンは、ノルウェーの地方を巡り、ノルウェーのさまざまな方言を採集した。文法や発音などを記録し、それを基に新しいノルウェーの文語を築いていった。それがニーノシュクの始まりである。この新しいノルウェー語の文語を歓迎した者がいる一方で、とくに都市部ではデンマーク語を基とした文語を手放そうとしない傾向が強く、ノルウェー中で激しい感情的な言語論争が続いた。二〇二一年現在では両書法とも公認されており、平等に扱われている。ノルウェーでは、話しことばに関しては「標準語」というものがなく、人々は誇りをもってそれぞれの方言を話す。テレビやラジオの放送では国中の方言が代表されること、そして字幕には、ニーノシュクとブークモールが定められた割合で使用されることが定められている。ブークモール使用者が多数ではあるが、文学作品では、その音楽性、詩的イメージから、ニーノシュクを好んで使う作家も多い。現在、世界的に注目されているノルウェーの劇作家ヨン・フォッセもニーノシュクで執筆している。

人間関係

『氷の城』に戻ろう。この作品に現れる人間関係について読者の方々はどう感じただろうか。生徒と先生の関係、友だち同士の関係、親と子の関係。口の利き方など、ところどころ日本とは違うと感じることがあったのではないだろうか？　例えば、物語の後半でスキー遠足があるが、集合場所に最初に来ている女の子とシスが話し合う場面では、女の子がシスにかなりの直球で話す。なのにシスは「この子ともっと仲良くなりたい」と考える。翻訳を共にした朝田千恵さんは、この展開がしっくりこないと言った。日本の十一歳の友だち同士だったら、相手を傷つけないよう、もっと気を遣って話し合うのではないだろうか。しかしシスと女の子の会話では、ふたりとも相手が強い人間であることを認識しており、それを尊敬している。厳しくても、相手がこれに耐えられることを知っている。だからはっきりと、率直に話し合える。悪気はない。ふたりの人間のあいだにかかっているもやもやを取り払わないと、本当の友情は生まれないという考え方がここに見える。

ウンとシスの関係では、十一歳の女の子が相手に憧れる気持ち、誰かと深いつながりを感じる喜びを描写している。同性愛的に解釈する読者がいるが、ヴェーソス自身は、そう考えていなかった。

翻訳作業にあたって

共同で翻訳をすることで、ひとりで訳す際にはない、素晴らしいことがたくさんあった。数年ノルウェーに住んだことがあり、ノルウェー語が流暢な朝田さんとは、住まいが関西と関東で離れているため、月に一度ほど会い、あとは別々に作業を進めていく予定だった。ところが新型コロナウイルスのせいでその会議は二度だけになってしまった。仕方なく「パンデミックが終わるまで――」と始めたオンライン会議は、結局、翻訳完成まで続き、週二回に定めた会は、最後には週五日の日課となっていた。とても合理的で、この仕事に合ったやり方だと気付いた。『氷の城』は、我らが「オプス・コロナ」である。

ふたりが長い時間をかけて理解しようと話し合い、分析した部分は少なくない。時間をかけて文章を見つめていくことによって、この作品の奥深さに目覚める一方だった。

この翻訳にあたって私たちふたりは、タリアイ・ヴェーソスの娘であるグーリ・ヴェーソス（二〇二一年現在、八十三歳）と連絡を取ることができた。フランス文学の翻訳をしながら、ニーノシュクの文学作品を扱うサムラーゲ出版社で児童文学担当だったグーリさんも、その両親同様、文学に深く携わっており、父タリアイの本の翻訳や普及にも関わっている。グーリさんが、父親の作品の日本語訳に関して言ったことは、「ヴェーソスは、ショーイング（showing＝見せる）であり、テリング（telling＝教える）ではない」ということだった。ヴェーソスの文章を読むと、頭のなかに映像が広がっていく。そしてそれを目の前に浮かばせることによって、作家が伝えようとしていることがわかるのだ。翻訳家が、曖昧だからと、ことばを足して説明してしまうと、大事なものを壊してしまう。「ショーイングをテリングに変えないように気をつけて」というグーリさんのことばは重要なアドバイスだった。

「木管奏者」という名の章がある。この単語に決めたのは、グーリさんとの会話のあとだった。ノルウェー語で木管楽器奏者をTreblåsarと言うが、〈木〉という意味のtreと、〈吹く〉という動詞blåseから成り立っていることばである。直訳すると「木吹き」だ。クラリネットやオーボエ、ファゴットやフルートといった、いわゆる木管楽器を指す専門用語であると同時に、ことばの響きだけから言えば、木の枝を切って作った笛までも連想させる。森の神、牧神パーンも、それとなく思い浮かぶ。ウンとシスの世界に登場する演奏者なら、オーケストラやクラシック音楽より、民族音楽、つまりハーダンゲルヴァイオリンや口琴、アコーディオン、そして縦笛の方が近いようにも感じられる。しかし、グーリさんによると、ここで連想されているのは、まさにクラシック音楽の木管楽器であり、多分オーボエなのではないかということだった。戦前に三年近くドイツをはじめ、ヨーロッパ中を巡り、暮らしていたタリアイ・ヴェーソスは、そこでクラシック音楽に出会ったのだ、と。「レクイエムなどの曲で、木管楽器が登場するのは、救いの場面、つまり罪があがなわれ、新しい希望が見えるところだ」と、ある音楽の先生がいつかグーリさんに言ったそうだ。『氷の城』でも、希望が感じられる段階で木管奏者たちが登場する。不思議な、そして読む者の想像を膨らませるアレゴリーである。

執筆のきっかけ

〈十六歳の女の子が氷の上でうつ伏せに寝転がり、手袋をつけた両手で光を遮り、氷の下の世界に見惚れている〉。この描写を書いた紙切れが二十年以上ヴェーソスの机の引き出しに入れてあったと、グーリさんは教えてくれた。物語が浮かんでこないかと、ときどき出しては読んでいたという。そして一九六三年三月に降りてきたインスピレーションは強烈なもので、タリアイはやむことなく三ヶ月間でこの物語を一気に書き上げた。「食事よ！」の声にだけ反応し、書斎から出てきたという。そして書き出しから半年後の九月に発売された。滝が凍り、氷の城ができていくアイデアは書き出しの段階ではまだ無く、のちにそれを思いついたときはたいそう高揚していたそうだ。ヴェーソスは、書いている内容については途中、だれにも話さなかったらしい。口にすればだめになると感じていたようである。しかし氷が固まって城のようになるといったアイデアは、いったいどう思い付いたのだろうか。冬になると、小さな小川が少しずつ凍り、どんどん体積を増し、巨大な塊になっていくことは、寒い国では馴染みの風景である。『氷の城』執筆の二十八年前の一九三五年、ヴェーソスは、厳しい冬のなか、滝が凍り、まるでムーア族の宮殿のような城が氷によって築かれていく小さな物語を新聞に載せている。* もしかすると一九一一年に凍ったナイアガラの滝の写真も、ヴェーソスのもとに届いていたかもしれない。

＊『零下十八度で』一九三五年十一月十八日付ダーグブラーデ新聞（*Ved -18 gr.C* Dagbladet, 18.desember 1935）

ヴェーソス年譜

一八九七年八月二十日
テーレマルク県のヴィニエに生まれる。林業と農業を生業とする家庭の三人兄弟の長男。イプセンの生まれ故郷でもあるテーレマルク県は、伝統文化の濃い土地柄で、山と水に恵まれた、スキー発祥の地として知られる。

一九二三年（二十五歳）
『人間の子』（*Menneskebonn*）でデビュー。

一九二五—三三年
奨学金を受け、数回ヨーロッパ、主にドイツへ行く。計三年ほどヨーロッパで過ごした。作家になることを決断し、ヴィニエのミッドボーに家を構え、生涯をそこで暮らす。弟が実家を継ぐ。

一九三四年　『大いなるゲーム』（*Det store spelet*）で大好評を得る。スイスのノルウェー領事館で秘書をしていた作家ハルディス・モーレンと結婚。（ハルディス・モーレン・ヴェーソスものちにノルウェーでとても愛される作家となり、詩や劇で有名。『早春』など邦訳作品もある。また翻訳も手掛け、長田新編集の『原爆の子—広島の少年少女のうったえ』を英語からノルウェー語に訳した）

一九三五年　息子オーラフが生まれる。

一九三九年　娘グーリが生まれる。

一九四七年　国から芸術家に支給される生涯給与の受給が決まる。

一九五二年　短篇集『風』（*Vindane*）執筆。翌年ヴェニス国際文学賞受賞。

一九五七年　　『鳥』（*Fuglane*）執筆。のちにノルウェー近代文学の最高傑作のひとつと称される。
一九六三年　　『氷の城』（*Is-slottet*）執筆。翌年北欧理事会文学賞受賞。
一九七〇年三月十五日　　七十二歳、オスロの病院にて永眠。

ヴェーソスには政府の名誉給与（一九四七年以降受けている芸術家給与とは別の、さらに名誉な給与）、王の宮殿の庭に立つ名誉住宅、そして聖オーラフ勲章の授与が決まったが、これらすべてを「私の性格に合わないから」と断っている。このように、ヴェーソスは大袈裟な注目を避ける、穏やかで飾らない素朴な人間であった。ヴェニス国際文学賞と北欧理事会文学賞で受けた賞金で、ヴェーソスは文学賞を創設し、この「タリアイ・ヴェーソス新人賞」は毎年、デビュー作家に授与されている。

ヴェーソスの作品は、現在、世界的に第二の波を起こしているようだ。日本だけではなく、オランダ、イギリス、デンマーク、フランス、ドイツにも新たな翻訳が出ている。あるメキシコの翻訳家は、ヴェーソスを英語で読み、あまりにも心を打たれ、ヴェーソスの描く世界に住みたいという強い願望から、家族を連れてメキシコからノルウェーのヴェーソスの故郷、ヴィニエに引っ越した。それほど、ヴェーソスの文学は人々の心を動かしている。『氷の城』がオランダで出版されたのは二〇一九年だが、イギリスの人気作家、マックス・ポーターは「なぜこの本が世界一有名でないのかが不思議だ」と言っている。その発言を聞いた、マックス・ポーターの大ファンであるオランダのあるブロガーは、一日で『氷の城』を全部読んだ。しかし、良さがさっぱりわからない。その後、「尊敬する人が素晴らしいと言うのだから、わかっていないのはぼくだろう」と、もう一度、ゆっくり読む。すると眼から鱗。ヴェーソスを満喫するためにはコツがあるのだ。急いで読んではいけない。この忙しない時代にあっても、ひと言ひと言、味わいながらゆっくり読み、ヴェーソスの描く世界に入っていかなければならないのだ。すると、駆け足で読むと見過ごしてしまう微妙なディテールに気付いていくだろう。

ウンの〈あのこと〉とはいったいなになのだろうか。この質問を幾度もされたヴェーソスは、いつも同じように答えたそうだ。「それがなになのか、私は知っているが、言えない。それを我が平凡なことばで言ってしまうとなにかを壊してしまう」。そして、捜索隊の男たちが氷の城を前に経験したのはいったいなにだったのだろう？　理解しきれないことはほかにもあるが、読者はヴェーソスの世界をそのまま受け入れなければいけない。真っ先に「わからない」と決めつけてはいけない。自分のことを「作家」ではなく「物書き」と呼んでいたヴェーソス自身はこう語っている。

本を読むとき、読者は先入観なしに読まなければならない。そうすれば、物書きが言おうとしていることを感じ取ることができるかもしれない。読む人が冷静に理解できるようなことを書いてはいけない。心で感じることしかできないものも、あっていいのだ。読者の心の奥に閉ざされている部屋を開けるチャンスを与えなければならない。読者に近道を歩ませてはいけない――幸いなことに、読者は読者本人が最初に思っている以上に、わかる力を備えているのだから。

タリアイ・ヴェーソス『物書きについて』

この翻訳は、国書刊行会の伊藤昂大さんがヴェーソス作品を手にし、その魅力に気付いてくださったことが契機となった。ノルウェーを代表する作家ヴェーソスの作品を、改めて日本で紹介する機会をいただいたことは、私たち翻訳者ふたりにとって大きな喜びである。この場をお借りして心より御礼申し上げます。

二〇二二年春　アンネ・ランデ・ペータス

タリアイ・ヴェーソス　Tarjei Vesaas
20世紀ノルウェー文学を代表する作家・詩人。1897年、テーレマルク県ヴィニエ生まれ。主にノルウェーの自然豊かな田舎を舞台に、孤独や不安といった、根源的で普遍的な人間の感情を平易な文体で描き、独特な神秘の世界へと誘う作品を手掛ける。

代表作は『風』(1952)『鳥』(1957)『氷の城』(1963)などで、作品はすべてニーノシュク(ノルウェー語の公用書き言葉)で執筆した。

北欧理事会文学賞、ヴェニス国際文学賞などの数々の文学賞を受賞し、ノーベル文学賞候補に幾度もノミネートされた。1970年逝去。

現在、世界的に再評価が進み、ペンギン・クラシックスをはじめ各国で作品が翻訳刊行されている。

朝田千惠　あさだ ちえ
大阪大学外国語学部非常勤講師(ノルウェー語)、翻訳者。大阪外国語大学(スウェーデン語)卒、大阪大学大学院人間科学研究科(ボランティア人間科学)前期課程修了。訳書に『アルネ&カルロスのクリスマスボール』(日本ヴォーグ社)、『薪を焚く』(晶文社)など。

アンネ・ランデ・ペータス　Anne Lande Peters
演劇研究家、翻訳家。神戸生まれ。宣教師の親とともに幼い頃から日本とノルウェーを往来して育つ。オスロ大学と早稲田大学で演劇学を学び、落語をテーマに修士論文を執筆。三島由紀夫『近代能楽集』、よしもとばなな『みずうみ』(ノルウェー語訳)、ヨン・フォッセ『スザンナ』、イプセン『ヘッダ・ガーブレル』『海の夫人』『社会の柱』(新国立劇場)などの翻訳を手掛ける。

NORLA
Norwegian
Literature Abroad

This translation has been published with the financial support of NORLA.
本書はノルウェー文学海外普及協会（NORLA）の助成により出版されました。

氷《こおり》の城《しろ》

タリアイ・ヴェーソス　著
朝田千惠／アンネ・ランデ・ペータス　訳

2022年４月１日　初版第１刷　発行
ISBN　978-4-336-07250-4

発行者　佐藤今朝夫
発行所　株式会社国書刊行会
〒174-0056　東京都板橋区志村１-13-15
TEL　03-5970-7421
FAX　03-5970-7427
HP　https://www.kokusho.co.jp
Mail　info@kokusho.co.jp

印刷　三松堂株式会社
製本　株式会社ブックアート
装幀　アルビレオ
装画　アイナル・シグスタード（Einar Sigstad）

乱丁・落丁本はお取り替えいたします。

タリアイ・ヴェーソス・コレクション

全3巻

朝田千惠／アンネ・ランデ・ペータス　訳

自然豊かな田舎を舞台に、孤独や不安といった人間の根源的な感情を平明な文体で描き、独特な神秘の世界へと誘う作品を手掛けた、20世紀ノルウェー最高の作家タリアイ・ヴェーソス。近年ペンギン・クラシックスにも入った世界的に〈再発見〉が進む巨匠の代表作を、本邦で初めて集成。静謐で繊細な、きわめて美しい物語の数々を、満を持して刊行する。

氷の城

雪に閉ざされたノルウェーの田舎町。運命の絆で結ばれたふたりの少女が、それぞれの思いを胸に、森深くの滝の麓につくられた神秘的な〈氷の城〉を目指す。凜とした切なさを湛えた、出会いと別れの物語。

ISBN：978-4-336-07250-4

鳥

湖畔の家で姉のヘーゲとふたり細々と暮らしていた軽度の知的障害の青年マッティス。ある夏の日、船客として現れた木樵にヘーゲが恋をし、別離の不安に襲われる……孤独な者の鋭敏な感性を劇的な人間関係とともにとらえた、20世紀文学の最高傑作。

ISBN：978-4-336-07251-1

風

教科書採録作としてノルウェー国民の誰もが知る、一匹の蟻の一生を寓意的に描いた名篇「勇敢な蟻」をはじめ、心温まる話、寂しく切ない話、不思議な余韻を残す幻想的な話まで、多彩な味わいの13篇を収めた著者最高の短篇集。

ISBN：978-4-336-07252-8

各巻定価：2640円（10%税込）
四六判・上製
装幀：アルビレオ　装画：アイナル・シグスタード

※価格・内容等は変更になる可能性がございます。